A VARANDA DO FRANGIPANI

米亚·科托作品选

缅栀子树下的露台

[莫桑比克]米亚·科托——著

周宁——译

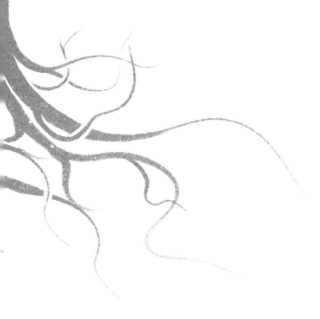

GUANGXI NORMAL UNIVERSITY PRESS

广西师范大学出版社

·桂林·

缅栀子树下的露台
MIANZHIZI SHU XIA DE LUTAI

图书在版编目（CIP）数据

缅栀子树下的露台 / （莫桑）米亚·科托著；周宁译. --
桂林：广西师范大学出版社，2022.12
　（米亚·科托作品选）
　ISBN 978-7-5598-5581-7

　Ⅰ. ①缅… Ⅱ. ①米… ②周… Ⅲ. ①长篇小说－莫桑
比克－现代 Ⅳ. ①I471.45

　中国版本图书馆 CIP 数据核字（2022）第 202915 号

广西师范大学出版社出版发行

（ 广西桂林市五里店路 9 号　邮政编码：541004 ）
　网址：http://www.bbtpress.com
出版人：黄轩庄
全国新华书店经销
北京博海升彩色印刷有限公司印刷
（北京市通州区中关村科技园通州园金桥科技产业基地
　环宇路 6 号　邮政编码：100076）
开本：880 mm × 1 230 mm　1/32
印张：6.375　　　字数：120 千字
2022 年 12 月第 1 版　　2022 年 12 月第 1 次印刷
定价：52.00 元

如发现印装质量问题，影响阅读，请与出版社发行部门联系调换。

祖鲁王国的创建者恰卡对他的刺杀者说："你们永远也统治不了这片土地。

"它只能被大海另一侧的燕子统治，

"那些有着透明耳朵的燕子……"

——H.朱诺德[1]引

"莫桑比克：这片印度洋上的巨大露台……"

——埃杜尔德·洛伦索[2]，1995年辞别马普托[3]时

---

[1] 朱诺德：即 Henri-Alexandre Junod，1863—1934年，南非传教士、人类学家、语言学家。

[2] 埃杜尔德·洛伦索：即 Eduardo Lourenço，1923—2020年，葡萄牙作家、哲学家、评论家。

[3] 马普托：莫桑比克首都。

目　录

第一章
死者的梦

第一章　死者的梦

　　"我是已死之人。但凡有个十字架或者石碑，上面就该写着'艾尔莫林杜·穆坎嘎之墓'。但我和我的名字一起死了快二十年了。以前我是个有名号的人，属于受尊敬、受信任的那种。我堂堂正正活了一辈子，却被死亡搞得不光彩。人们给我下葬的时候，既没举行仪式，也不遵循传统，甚至都没个人帮我把腿蜷起来——人离开世界时应该和出生时一个样，要蜷缩起来，让体积小一些。死人应该谨慎地少占些土地。但我没被埋进个小一点儿的墓里。我的坟墓延伸得和我从头到脚一般长。在我的遗体渐渐变凉的时候，没有人把我的手展开。我就这么紧握着拳头过世了，这会对生者造成诅咒。而且啊，人们也没把我的脸朝向讷库鲁翁巴山①。我们穆坎嘎家的人都对过去负有义务，我们的死者都要看着第

---

① 　按照非洲班图人的丧葬传统，死者的脸要朝向东方，因为他们相信自己的祖先来自东方。文中的讷库鲁翁巴山为虚构，应指代东方。后文中的"第一个女人"指代祖先。

缅栀子树下的露台

一个女人跳过月亮，让她的肚皮和灵魂都变得浑圆的地方。

　　我缺的不光是个像样的葬礼，还有更过分的疏忽：因为我没别的财产，人们就把我的锯子和锤子拿来陪葬了。他们不该这么做。绝不能让任何金属的东西进到坟墓里，金属比死者的骨头烂得要慢。更糟糕的是，闪闪发亮的东西会招来诅咒。带着这样的无用之具，我可能会变成一个危害世界的死者。

　　这些烦人事儿会发生，都是因为我没能死得其所。我在圣尼古拉给一座葡萄牙人的堡垒做修复的木匠活儿，那里离我出生的镇子很远。我去世的时候正好是家乡解放的前夜。这也有趣：我的国家裹着国旗诞生了，而我则降到了地里，离开了光明。明白人都知道这是件好事，因为这样就不必眼见战争和不幸。

　　因为葬礼不合时宜，我变成了稀薄骨。稀薄骨是处处飘荡又无处飘荡的灵魂。因为没有举行仪式，我变成一个没有被死亡找到的死者，永远也没法上升到希库暗卜的境界，它们是绝对的死者，拥有被生者召唤和敬爱的权利。而我则是没有被剪断脐带的死者。我属于不被记起的那些人。但我没有跑出来对生者大肆作祟，而是接受了墓穴这个监狱，在属于亡者的平静里看守着自己。

第一章　死者的梦

我被葬在一棵树旁，这倒是有所助益。我老家的人会把死者葬在马鲁拉树①或者红蜡树②边上。但在我这儿，堡垒附近就只有一棵瘦瘦的缅栀子树③。人们把我葬在了这棵树旁。芬芳的缅栀子花落在我身上，那么多，那么多，甚至连我都带上了花瓣的味道。有必要把我搞得这么甜美吗？因为现在只有风会闻闻我了。剩余的呢，没人在乎。我也已经不在乎这些了。即使是准时围在墓前的那些人，他们对死者又懂些什么呢？无非觉得是恐惧、阴影和黑暗。这些东西啊，我作为死者界的老兵用一只手也能数得清。告诉你们，死人不做梦。死人只在下雨的晚上做梦。其他时候，他们会被梦到。而我呢，从来就没人回忆我，我会被谁梦到吗？被树。只有那棵缅栀子树会把夜间的思想献给我。

缅栀子树占据着一座殖民时期堡垒的露台。那片露台见证了很多历史。奴隶、象牙和布料曾从其上川流而过。卢济塔尼亚人④的大炮曾在这块石面上对着荷兰的舰船开火。殖民时代末期，人们曾在这儿建过一座监狱来关押抗击葡萄牙

---

① 马鲁拉树：漆树科，南非常见树种，树形高大，枝叶茂密。
② 红蜡树：楝科，常见于莫桑比克和安哥拉，种子可以炼油。
③ 缅栀子树：又名鸡蛋花树，花朵大，分五瓣，常见为白色，花心为黄色。
④ 卢济塔尼亚人：即葡萄牙人。

缅栀子树下的露台

人的革命者。国家独立之后，这里便充作了长者收容所。老人的存在让这片地方变得憔悴。战争来了，为死亡开辟出牧场，但枪声离堡垒很远。战争结束后，收容所留了下来，却又没有被留给任何人。时间在这里褪色，一切都被熨平，成为寂静和缺席。在这片如蛇之阴影的无味之中，我设法适应那不可能的过去。

直到有一天，我被一阵敲打声和震动惊醒。有人在动我的墓。一开始我以为是我的邻居鼹鼠，它瞎了眼是为了能看到黑暗。但并不是它。铁铲和锄头对死者施行着不敬。这些人挖来挖去在找什么呢？他们把我的死亡都弄活了。我在声音之间窥探，明白了情况：政府想把我打造成国家英雄，用光荣来给我包装。他们已经散布出传言，说我是在对抗殖民占领者的战斗里牺牲的。现在又想要我的遗体——这已死的残余。更准确地说，是我不死的残余。他们需要一个英雄，但这并非谁都能当。为了安抚不和、平衡不满，他们需要属于我这个种族、部落和地区的英雄。他们想把种族拿出来做招牌，想把外壳扒掉，露出果子。国家需要这样的表演，还是正好相反？我从一个什么都缺的人变成了不可或缺的人。因此他们挖掘着我深藏在堡垒院中的墓穴。当我明白这些的时候，整个人不知所措得像个小丑。

第一章　死者的梦

我生前从不是有想法的人，现在也并非一个缩着舌头的死人。我必须要化解这个错误。要是不这么干，我就再没有安宁可言了。我既然死了，就要当一片孤独的阴影，不想搞得锣鼓喧天，过节似的。此外，英雄和圣人一样，没人真的爱他。人们只在有急事或国家有难的时候才会想起他来。我活着的时候没有被爱过，现在也不需要这种欺骗。

我想起了穿山甲的故事。有这么一个耳熟能详的传说：神把穿山甲派作永恒的信使，这小畜牲却迟迟不把永生的秘密交给人类。它迟了太久，这就让神有了时间反悔，于是便派另一个信使带去了相反的信息。我则是相反的信使：我把人类的信息带给众神。我也迟了很久。当我到达神的处所时，他们已经从其他人那儿收到了相反的信息。

毫无疑问，我对死后做英雄不感兴趣。就算代价惨重，也要避免被安上什么名号。但我一个不受法律约束也不受尊重的游魂又能做些什么呢？我甚至想过要重现在曾经的身体里，那时的我还活着，年轻又快活。我可以从肚脐返回，出现在另一边的时候就是摸得着的鬼魂了，在生者之间也说得上话。但是重回自己原先身体的稀薄骨会带来死亡的危险：只要发生碰触，它就能让心脏停止跳动，播撒死亡。

缅栀子树下的露台

　　我咨询了一下我的宠物穿山甲。这种带鳞片的小动物在我们的语言里叫作哈拉卡乌玛，还有谁不知道它们的能力吗？穿山甲和死者住在一起。下大雨的时候，它们就从天上落下，掉在地上，给世界带来关于未来的信息。我活着的时候有一条狗，现在则有一只穿山甲。它在我脚边蜷缩着，我便把它当成一块垫子用。我问了问我的哈拉卡乌玛该怎么做。

　　——你不想当英雄吗？

　　——当什么英雄？被谁爱呢？现在整个国家是一片废墟，人们却要召唤我这个小小木匠？！

　　穿山甲不解地问：

　　——你就不想再活一次吗？

　　——不想。我的家乡现在这个模样，我不想。

　　穿山甲绕着自己转起圈。它这是在追自己的尾巴，还是要调整声音让我听懂呢？因为这小畜牲可不是随便和谁都说话的。它用后脚站立起来，一副想要触动我的样子。它指着堡垒的院落说：

　　——看看你周围，艾尔莫林杜。就算是这样的残骸里也长得出野花来。

　　——我不想回那边去。

　　——在残破的石头和野花之间：那里永远都会是你的

花园。

穿山甲这些弯弯绕的话把我惹烦了。我提醒它，我要的是建议，是一条出路。哈拉卡乌玛严肃起来，说道：

——*你啊，艾尔莫林杜，应该再死一次。*

再死一次？与世长辞一次就够不简单了！依照我家里的传统，这简直就是没法完成的任务。比如说我爷爷吧，他就活了很久很久。当然啦，现在他都还没死呢。这老头儿把腿放在身子外面，在危险的叶子旁边睡觉。他就这样把自己献给毒蛇，让它们咬。适量的毒液会让我们更有活力。他是这么说的。看来生活证明了他的话：他是越来越英俊有型了。哈拉卡乌玛和我爷爷挺像，也倔得和钟摆似的。这小畜牲坚持说：

——*在附近找个临死的人吧。*

最容易找到临死之人的地方不该是曼巴蛇窝里吗？我得转移进一个临死的身体。搭上这趟死亡便车，就能让我也消融在死亡里。这看起来不难。收容所里临死的人可不会少。

——*就是说我得以灵魂形态附在某人身上吗？*

——*你要以稀薄骨的形态行事。*

——*让我想想。*

事实上，决定已经做好了。我只是装出一副能为自己做主的样子。当天晚上，我就逐渐转变成了稀薄骨。换句

缅栀子树下的露台

话说，我变成了一个"寄宿者"，用别人的外表去旅行。假如我重新占据自己的身体，那么只有从正前方才能被看见。从后面看，我不过是空洞的空洞罢了，是未被占据的虚无。但我即将住在别人身体里，从墓穴的牢狱迁向肉体的牢狱。我被禁止触碰生命，或是直接受到风的吹拂。从我所处的一隅，我将看到不透明的世界变得透明。我唯一的优势就是时间。对亡者来说，时间正踩在往昔的脚印上呢，对他们来说，从来就没有意外。

　　一开始我还存有疑惑：这只哈拉卡乌玛说的是实话吗，又或者是在编造？因为它远离世界已经太久，有很多年没有下到过土里了，指甲都长得卷了好几卷。如果它的爪子想念土地了，那脑袋里也大可以疯狂幻想。但随后，我转而操心怎么早点儿去往生者的世界。

　　我的意愿太过强烈，以至于在没有下雨也并非晚上的时候做了梦。我梦到了什么？我梦到人们把我按照信仰的规定好好下了葬。我是坐着死的，下巴搁在双膝搭建的平台上。我降到地下的时候也是这个姿势，身体坐在从一座蚁丘那儿铲来的沙子上。这是被蚂蚁的爬行植满的活沙①。然后，人

---

① 蚁丘中有无数蚂蚁爬来爬去，繁衍生息，使得蚁丘里的沙子也仿佛被植入了生命力。

们把土撒向我，温柔得像是在为孩子穿衣。他们没有用铁锹，只是用手。在沙土埋到我眼睛的时候便停了下来。他们在我周围插上金合欢木——每一枝都能开出花来。为了招来雨水，他们还给我盖上湿润的土。于是我明白了：活人踩着土地，死人被土地踩着。

我还梦到，在我死后，世上所有的女人都露天而眠。不光是寡妇不能待在屋里——这是我们信仰里的习俗。不。就好像所有女人都在我这里失去了丈夫。所有人都被我的死亡玷污。哀悼如浓雾般蔓延到所有村庄。风灯照亮玉米，人们颤抖的手上拿着火的坩埚，在谷仓间穿行，为田野清除邪眼的注视①。

第二天，我一醒来就去摇了摇哈拉卡乌玛。我想知道自己要占据谁的身体。

——是个马上要来的人。

——哪个？什么人？

——是个外人。明天就到。

然后它又说道：

——真可惜，我没早点儿想起这事儿。这要是在一周以前，什么都已经解决了。前几天有个大人物被杀了，就在收

---

① 在民间传说中，有些人或动物可以通过注视给他人带去厄运。

缅栀子树下的露台

容所里。

——什么大人物？

——收容所的所长。是被枪杀的。

警方派了个人从首都过来调查这起谋杀案。我要是能进到这位警探的身体里就肯定能死。

——你就负责进到那个警察身体里，其他的都交给我吧。

——我要在那边待多久，在人世？

——六天。六天后警察就会死。

这将是我首次离开死亡，首次不经过泥土的削弱，直接听到收容所里的人声，听着老人们的声音，而他们从来都感觉不到我。一个疑问在我心里激起了涟漪。假如我最终喜欢上当个"寄宿者"呢？假如在要死第二次的时候，我已经爱上了彼岸的世界呢？说到底，我不过是个孤单的死人，不过是个前前辈，前祖先。奇怪的是，我对自己生活过的日子没有记忆，只记得一些身外之事。我尤其能记起下雨时泥土的芳香。看着雨水沿着一月的轨迹滑落，我问自己：我们怎么能知道这味道是从地里，而不是从天上来的呢？但我记不起一点儿人生里的私事。难道大家都是这样？死者都会丧失对私事的记忆？我不知道。但我反正是想了解自己的私事。我最最想回忆起来的就是我爱过的女人。我就此和穿山甲坦

第一章　死者的梦

白，它于是建议说：

——你一到人世，就立马烧几颗南瓜种子。

——烧南瓜种子干什么？

——你不知道？烧种子能让人回想起爱人。

然而，第二天我又想了想自己去往人世的旅行。这只穿山甲已经被耗得差不多了，我还能相信它的能力吗？它的身体嘎吱作响，都快卷不起来了。它的疲惫源于壳的重量。穿山甲和乌龟一样——都带着房子一起走。所以它们都累得够呛。

我叫来哈拉卡乌玛，告诉它我为什么不想去往人世。希望它能明白：鳄鱼的力量是水，我的力量则是远离生者。我还活着的时候就从来不懂什么是"活着"。现在要是一头扎进别人身体里，就得被自己的指甲抓破。

——哎呀，艾尔莫林杜，你就去吧，那边的天气好着呢，下着点儿小雨，挺湿润。

尽管去吧，给灵魂穿上绿色。谁知道你会不会遇到一个女人，陷入恋爱呢？穿山甲嘴上跟抹了油一样侃侃而谈，让视野里的图景变得愈发浓重。它知道事情没这么简单。我害怕，和生者想象死亡的时候一样害怕。穿山甲给我承诺了一堆比完美还完美的未来。一切都会在那里发生，就在那片露

缅栀子树下的露台

台上，在埋着我的那棵树下。我看了一眼缅栀子树，预先便感受到了对它的怀念。有谁曾浇灌我们的根？我们俩都是被雾气哺育的生物。哈拉卡乌玛也很感激缅栀子树。它指着露台说：

——*这就是众神来祈祷的地方。*

第二章
生者中的首日

第二章　生者中的首日

被我附身的这个男人就是警探伊泽迪内·纳伊塔。他干的活儿和狗挺接近，都是要从流血的地方闻出罪恶。我处在他的灵魂一角，为了不把他的内里搞乱，便小心翼翼地窥视着他。现在伊泽迪内·纳伊塔就是我了。我与他同行，在他里面走，他走我也走，他和谁说话我就和谁说话，他喜欢谁我就喜欢谁，他做什么梦我就做什么梦。

比如现在，我就坐在直升机里，肩负着国家发派的任务呢。我的寄主掘地三尺要寻找关于杀人凶手的线索。被害者叫瓦斯托·伊瑟兰西奥，黑白混血儿，生前是圣尼古拉长者收容所的负责人。伊泽迪内将在迷宫和障碍中四处穿梭。我则会随他一起进入这充满模糊人形、欺骗和谎言的暗影之地。

我从高高的云层上往下窥看。底下面朝大海的就是建于殖民时期的古老堡垒。收容所在那里，我也被埋在那里。如今我一从地底下出来就直冲云霄，也算有趣。我从窗户往外

缅栀子树下的露台

看，圣尼古拉堡垒是位于世界一隅的一块小小斑痕，而我的坟墓甚至连看都看不到。从高处观望，这座堡垒更像是一座脆弱的"薄垒"。它的砖瓦像肋骨一样披挂在悬崖峭壁上，面对着礁石海岸。殖民者曾想让这座建筑的美永恒延续，它如今却在走向衰颓。被我修整过的那些木头块儿啊，面对无可救药的时间和海水痛苦地腐烂着。

目前，和平已经在全国扎了根。但这座收容所几乎没什么改变，而且堡垒还被地雷环绕，没人敢出，也没人敢进。收容所的住客里只有老妇阿莫敢在附近走动。但那是因为她实在太没重量了，根本激发不了爆炸装置。我做死人的时候，也曾感受过她的脚在我的睡眠上踩踏。踩踏和爱抚一样，是人类具有魔力的触碰。

此时，我正在从把我和光隔开的边境偷渡而过。运载我的男人伊泽迪内·纳伊塔只有区区六天可活了。他能猜到自己会早早了结吗？难道就是因为他起了疑念，所以现在才这么着急，分秒必争？这男人打开一个字迹满满的文件夹，我跟随着他的动作。文件夹的封面上写着"档案"。还有一张照片。伊泽迪内指着照片大声发问：

——这是瓦斯托·伊瑟兰西奥吗？

——能给我仔细看看吗？

第二章　生者中的首日

我看向坐在直升机后座的旅伴。真可惜我没能附在这具肉体上。玛尔塔·吉莫是那种让人看过以后还想擦亮眼睛再看看的女人。截至罪案发生那天，她一直都在收容所当护士。这次离开只是为了去马普托作证。

——我在这里面没看到瓦斯托的妻子。

伊泽迪内说着，一根手指在照片上游走。

玛尔塔没有反应。她看着海，就像是被一股突如其来的悲伤穿透。她手上拿着照片，叹道：

——那时候他妻子还没有去圣尼古拉。

她依然是表现得疏离的样子，照片落到了座位上。我把注意力转向伊泽迪内，为自己的寄主感到难过：他一脸迷茫，充满疑惑。他都知道些什么？一周前，有架直升机去堡垒接瓦斯托·伊瑟兰西奥和他妻子厄尔内斯蒂娜，因为伊瑟兰西奥被擢升到了中央政府的重要岗位上。但是当飞机到达圣尼古拉的时候，伊瑟兰西奥已经没命了。有人杀了他。不知道是谁，也不知道原因。但可以确定的是，直升机靠近堡垒时上面的人都看到伊瑟兰西奥的尸体散落在环海的礁石上。

飞机一落下，人们便爬下悬崖想要寻回尸体。但他们一下到石地上，就找不到伊瑟兰西奥的残躯了。他们在附近也找了，仍是徒劳。尸体神秘地消失了。人们想，也许尸体被海浪卷走了。他们放弃了寻找，天也晚了，便开始返程。然而一飞到那片区域上面，人们就又看到尸体在岩石上摊着。它是怎么回到那里的？难道它还活着？不可能。可以看到的伤口都又宽又大，躯体也没有任何活动迹象。直升机盘旋了好几圈也无法降落。于是他们就回了首都。这就是之前发生的事。

——*就要到了！*

玛尔塔对着一小群老人挥起手。飞行员大声告诉我们，飞机一触地，我们就要立马出去，一点儿都不能耽误。因为燃油刚够返程用的。螺旋桨在石墙上轰鸣出回音，灰尘打着旋儿升起。我们从飞机上跳下去，老人们像狗一样缩了回去，抓着自己的衣服，像是在飘浮似的。其中一个老人双手抱紧一根柱子，活像大风天的一面旗帜。

直升机又飞了起来，于是老人们回到自己的位置上。玛尔塔走了一圈，和所有人都打过招呼。伊泽迪内试图接近，但老人们像是离群的野兽般躲避着他。他们在猜疑什么？

直升机在地平线上消失得无影无踪，伊泽迪内·纳伊塔愈发觉得孤独无助，迷失在无法被人类认知、参透的生灵之中。一周后，这架直升机会返回这里，把他接去首都。伊泽迪内警探共有七天时间找出凶手。但他没有可信的情报，也没有一点儿线索，甚至连受害者的尸体都没能留下。剩下的只有证人，但他们的记性和理智早就退化了。

伊泽迪内把旅行包放在一条石凳上。他环顾四周，沿着城堡的边缘向远处走去。过不了多久太阳就要下山了。有些蝙蝠已经从屋檐下盲目地飞了出来，老人们则待在他们阴暗窄小的房间里。警察没在这里耽搁时间，他怕微弱的日光马上就要消失。在返回时，伊泽迪内惊讶地发现有一个老人在翻他的包。警察喊出了声，但还是让这个不速之客给溜了，他消失在黑暗之中。伊泽迪内迅速检查了一遍包里的东西，这才宽下心来，叹了口气——他的手枪还在包里。

——您是在找灯吗？

警察被吓了一跳。他并没有注意到玛尔塔就在附近。护士玛尔塔指着旁边一间屋子，递给他一支蜡烛和一个盒子，里面有几根火柴：

——蜡烛要好好省着用，就这一根了。

警察走进已然全黑的房间。他点燃蜡烛，把东西从包里取出来。一个小铁盒落在了地上。他捡起来，却发现这并不是铁盒。难道是块儿木头？看起来更像龟壳。伊泽迪内疑惑道：

缅栀子树下的露台

——我的旅行包里怎么会掉出这东西？

他把玩了一下这块壳，便顺着窗户把它扔了出去。之后，警探走出了房间。

伊泽迪内有个计划：每晚他都要采访一位幸存的老人，白天则用来做实地勘察。晚饭后，他会坐在火堆旁倾听每个人的证言，第二天早上便把前一晚听到的东西全部记下来。这样就能写成一本笔记，而这本带着警探字迹，记录了老人们话语的小册子则会被我带去坟墓深处。它将与我的残骸一起腐烂。虫豸们将以这些古老的声音为食。

警探还在思考要先听谁的证言，但做出选择的并不是他。伊泽迪内一走出屋子，第一位老人就出现了。在黄昏的光里，他看起来像个孩子，手上拿着一个自行车轮毂。然后他坐了下来，把轮毂套在脖子上转。伊泽迪内向他询问这里发生的事件。老人回问：

——你一晚上都没事儿吗？

伊泽迪内让老人尽管放心，他整晚都有空。老人狡猾地笑了，解释道：

——待在这地方，我们的话可太多了。知道为什么吗？因为我们都很孤独。连上帝也不和我们做伴儿。你看见了吗？就在那儿。

　　——什么？在哪儿？

　　——天上的云呀！和我眼睛里的白内障一样，就是这些雾让上帝看不到我们喽！所以，我们在这堡垒里可以随便撒谎。

　　——先不说负责人的死，我要问你，昨天是不是你翻了我的包？

第三章
纳维亚的告白

第三章　纳维亚的告白

谁，我？我翻您东西啦？先生您去问谁都行。我既没翻也没碰您的包。别人翻的。但不是我纳维亚·卡埃塔诺。我不会说是谁的。嘴巴会说话，但不会指证。而且，蝙蝠之所以会哭，就是嘴害的。但我看到那个又翻又动的家伙了。没错，我看到了。那个身影像秃鹫一样搜刮您的东西。那个影子飞起来，落在我眼睛里，落在所有黑黢黢的犄角旮旯。简直不像人样。他妈的，我光是一想起来就魂儿都连翻带颤。

但我要问，他们把您的东西拿走了吗？在这地方，老人就是拿东西的人。他们不是偷，只是拿。拿东西而永远到不了偷东西的程度。我解释一下，在这个堡垒里，谁也不拥有什么。如果没有物主，那就没有偷窃。不是吗？在这地方，是草在吃牛。

我否认偷窃，但承认犯罪。我现在就说，警探先生，是我杀了瓦斯托·伊瑟兰西奥。已经不用找了，人就在这儿，是我。我还要再补充一件更贴近现实的事实，是瓦斯托这个

缅栀子树下的露台

混血儿他自己寻死，我只是执行了他的自杀愿望。我做的事——就算是全身心去做的——也不是出于仇恨。我没有仇恨的力量，就像条蚯蚓，不会把不情愿的事强加在任何人身上。警探先生，蚯蚓啊，又瞎又傻的，它能恨谁呢？

我给您解释，希望您耐心。来，再往火边上靠一靠，别害怕烟，也别怕被烧着。只有这样才能听我讲。我的嗓音是越来越弱了，在我把这些秘密细细说来的时候还会变得更弱。听我说话的时候请您保持安静。是沉默造就了窗户，世界在里面变得清晰。别写了，把本子扔到地上吧。您要表现得像玻璃上的水一样。是水滴就肯定会滴下去，是水雾就会蒸发。在这个收容所，先生您要把耳朵张得大大的，因为我们在这儿是靠说话活着的啊！

一切都开始于远古之前，也就是我们说的"厄通布卢库"——起源。听起来好像很远，但含苞待放的太阳就是从那儿出生的。这个伊瑟兰西奥，他的死在出生之前就开始了；是和我这个老孩子一起开始的。

诅咒压在我——纳维亚·卡埃塔诺身上：我得了早衰症，是个一出生就立刻衰老的孩子。人们说，就因为这个，我不能讲自己的故事。一旦讲完，我也就死了。或者我不会

死，谁知道呢？这判决会是真的吗？就算是这样，我也会努
力尝试，在词语里造出时间的藏身之处。我讲啊讲啊，越
讲就越觉得累，越觉得自己老了。您看到我胳膊上这些皱纹
了吗？都是刚长出来的，在和您说话之前还没有呢！但我要
往前走，不抄近路也不求解脱。我就像是没有肉体去承受的
痛，就像是非要在被割下来的脚上生长的趾甲。给我点儿耐
心吧，先生。

　　我舅舅塔乌罗·吉拉兹和我说，其他人讲述自己人生
故事的时候都能很轻巧，但是老孩子不行。其他人让语言衰
老，但在我这儿，衰老的是我自己。于是他劝我说：

　　——*孩子啊，我给你指条出路。如果有一天，你决定当
个讲故事的……*

　　——*什么讲故事的？*

　　舅舅听说，以前在另一个地方也有过一个老孩子。这孩
子发现别人都因为怕看到他死而担心难过，于是就总讲自己
的故事寻开心。他讲完了很多故事，却还活着。

　　——*他没死，你知道为什么吗？因为他撒了谎，他的故
事都是编的。*

　　舅舅是在叫我撒谎吗？只有他自己知道。我现在要冒
着生命危险讲出来的，是我人生里的碎片。这都是为了解

缅栀子树下的露台

释我为什么会在这个收容所里。我知道，这是在给您的笔记里灌口水。但到了最后，您就会明白我费这番口舌说的究竟是什么。

我母亲，就从她说起。我从没见过这么能生的女人。她多少次跳过了月事？她生了很多孩子。我讲清楚啊，是孩子，不是孩子们。她总是生出来同一个生命。每当她分娩出一个孩子时，之前的孩子就不见了。但这些接连出生的孩子都长得一模一样，都是能和水本身一较高低的水滴。村里人怀疑这是没有遵守祖先律法而遭到的惩罚。为什么要降下这惩罚呢？没人谈论，但是罪恶之源所有人都知道：我父亲经常探访我母亲的身体。他没耐心等我母亲的哺乳期过去。传统是这么规定的：女人的身体在分泌初乳时是不可触碰的。我父亲不遵守这规矩。他还亲口说了他是怎么越过阻碍的。他只要去亲热，就带上一根施过法的细绳。当他颤抖着要抓住自己妻子的时候，就在孩子的腰上系一个结。这样亲热就不会有后果。

表面上看，这消解了我母亲病态的命运。我讲清楚啊，是表面上。因为我的不幸就是从那儿开始的。现在我知道了，我死去的哥哥腰上有一个绳结没系好，于是我出生了。

别急，警探，就要讲到我了。您忘了我是怎么说的吗？

我出生的时候身子又小又弱，从不觉得渴。我的出世似乎蒙受祝福：他们抛了六颗木槿花种子，善良精灵让种子以正确的方式落下，排成了一条直线。

——这孩子一定会活得比生命还老。

爷爷把我举起来，祝福我，让我悬在他的两臂之间。他沉默着，仿佛在掂量我的灵魂。谁知道他在找什么呢？在千万种动物里，只有人会倾听寂静。爷爷又在胸前摆弄着我，整个人都笑了起来。但他高兴错了。诅咒陆续落在我身上。我头几次哭的时候就渐渐明白了这份诅咒。我一流泪就会一点点儿消失。眼泪会洗去我的身体，溶解我的实质。但这不是唯一的征兆。首先，母亲尚未分娩就生下了我。因为没有身体，我从母亲体内出来的时候没让她遭一点儿罪。我从她肚子里滑下，从母体里流出，比血还要稀薄。

母亲立刻就预感到我是上天送来的孩子。她叫来父亲，父亲垂着眼睛不知道该看哪儿。男人不能直视脐带还没有脱落的孩子。老爹让人叫来了希莱玛，就是算命先生。算命先生闻了闻我的魂魄，打了个喷嚏，咳了几嗓子，然后预言说：

——这孩子不能经受一点儿悲伤。任何悲伤，就算是最微小的，都会要了他的命。

老爹点点头，装作懂了。一个男人问别人要解释可不好。母亲倒是坦白说她没听明白。

——*当妈的，我是说，这孩子要是哭，可能就会消失，再也回不来了。*

——*哪怕只掉一滴眼泪？*

——*都不用一滴。眼泪的一个碎片就足够了。*

眼泪会证明我是孩子，并否认我苍老的身体。希莱玛又开始了抽搐。亡灵在通过他的嘴说话，却像是穿透了我肉体的最深处。算命先生有力的声音继续说着，时而嘶哑，时而像是歌唱；时而倾泻出句子，时而因陶醉而拔高；时而是单纯的线，没有主体，时而则是被自身宏伟震惊的洪流。

那时我还算是个新生儿，却全听得懂。希莱玛用绍纳语①问了我些什么。我不会说绍纳语，至今都不会。但我体内的某个人占据了我的声音，用那奇怪的语言回了话。占卜用的小骨头显示我应该戴上希丛谷露②，于是希莱玛便把一条布做的项链戴在我脖子上。当时我不知道，但其实这布料里有对抗悲伤的药。它是帮我抵抗时间的巫术。

——*好了，走吧。*

---

① 绍纳语：属于班图语支，莫桑比克和津巴布韦的绍纳人讲这种语言。

② 希丛谷露：用来辟邪的布料围脖。

第三章　纳维亚的告白

希莱玛解释说，这话是在开过门之后又要从里面把门打开时用的咒语，只能生效一次。我母亲沉默着，沉浸在自身之中，就这样把我拉上了回家的路。

——妈妈，我得的是什么病呀？

母亲用力握住了我。我之前从不知道她的手这么有力。

——我不能说，孩子。

她像是处于落泪的边缘，却并没有哭，只是侧过脸，然后低着头走远了。我从母亲那里继承了这种悲伤的方式——只在哭的时候才相信自己的眼泪。那时，只剩下舅舅塔乌罗为我揭示真相了。他和我说：

——你啊，卡埃塔诺，你没有年龄。

确实如此，我是在一日之内出生、成长、衰老的。人的生命在数年中延伸，就像迟了太久，再也寄不到收件人手中的包裹。而我的生命则正相反，它在一日之内就被挥霍干净了。早上，我还是孩子，蹒跚而行。下午，我是成人，步伐坚定，言语明晰。晚上，我的皮肤就起了皱，声音衰老，对未曾好好活过的怀恋折磨着我。

第一天过去了，家人叫来邻居，请他们在我们家附近等着。这样出生的孩子肯定会带来关于未来土地情况的预言。那时候，我的样子已经不招待见了：皮肤上的皱纹比乌龟还

缅栀子树下的露台

多，头发很长，指甲也很长，还卷得和虫子一样。我总是感觉到一阵阵饿，而当我那可怜的母亲把胸脯递上来给我喂奶的时候，我吃得那么凶，几乎要让她晕过去。我母亲准备再喂我吃一次奶，但是舅舅塔乌罗扬起胳膊发号施令：

——哪个女人都不许给他喂奶！

我舅舅是明白人。他知道另一个老孩子的事：那孩子吃奶时吮吸得是那么贪婪，直到母亲再也受不了，就这么死了，死相如同一根被榨过汁的甘蔗。孩子的七大姑八大姨来了，都要给他喂奶，于是她们也死了，死的时候胳膊都直伸着。舅舅塔乌罗一口咬定：

——谁都不许给他喂奶！

我母亲赶了动了动身子，像是要赶走苍蝇，然后靠近我，把我抱在怀里。她说：

——我不能让自己的孩子饿着。

于是她把乳房拽到了卡普拉纳①外面。在场的所有人都遮住脸不愿去看，包括舅舅。这是憾事。因为如此一来，便没有一个人见证我母亲的死亡。

就这样，我被驱逐了，被赶到这个收容所里。我身上带

①　卡普拉纳：莫桑比克妇女所穿的传统裙装，由花布制成，色彩艳丽。

着诅咒，因为我被穆普弗科瓦沾了身。穆普弗科瓦就是因我而死的鬼魂。我的病是诞生。我在为自己的生命付出代价。还有另一重绝症让我不知如何是好：我一旦讲完了自己的故事就会死，和那些哺乳至死的母亲一样。如今我明白了。分娩是一个谎言：我们不是从分娩中诞生，而是在这之前就已经出生了。我们在时间之前就逐渐苏醒，甚至是在出生之前。正如植物，它的根早已在秘密的土地中提前宣布着即将现世的绿色了。

怎么了，警探？您是在听猫头鹰的声音？别害怕。它是我的主人，我属于这只鸟。就是它在供养我。每天晚上都是它给我带些残羹剩饭来。警探先生您怕它，这我可以理解。猫头鹰的叫声能在我们灵魂的空洞里发出回音。我们一看到这些洞确实存在，而且我们正在从中流尽，就吓得起鸡皮疙瘩。以前我也是一样的害怕。现在呢，叽叽喳喳的声音让我的夜晚变得更温暖啦，马上我就能知道这次它给我带了些什么。

先生您说听不懂。怎么会？我只是在驱赶雾气。等您开始怀疑，就会觉得是那个葡萄牙老头儿多明戈斯·莫劳杀了所长。您还没见过他吗？明天就会见到。和这个白人聊过以后，您就能做选择了。但您得注意，警探，杀了瓦斯托·伊

缅栀子树下的露台

瑟兰西奥的是我。这是事实。那葡萄牙人会给出些理由，说混血儿是他杀的。但是我的理由更有力。您会明白的。我继续讲下去，我要把记忆一点儿一点儿拽出来。

我到了收容所，便明白这里是我不可更改的最终住所。我既疲惫又憔悴，好多天里连一点儿面包皮都没啃。这样饿都没饿死，只是因为我太瘦了，连死亡都找不到我。就在那时候，我和这只猫头鹰立了约，它给我一些吃剩的残渣。然后呢，很久以后，一个消息让我有了希望。

那时候，一个叫阿莫的老妇人来到收容所。很快就有传言说她是女巫。于是我心里亮起了一个想法：也许她能帮我回到真实年龄！我和这个叫阿莫的谈了谈。她一开始不承认，说自己没有法力。于是我的希望破灭了。

但是有一天，阿莫的想法不知怎么就改变了。她把我叫来，说自己要准备一场仪式，抓住纠缠我的恶灵穆普弗科瓦。仪式里需要一只动物，因为要让血落在地上。但在这地方我要去哪儿找只动物呢？我和猫头鹰说了这事儿，让它给我带一只活猎物。当天晚上它就给了我一只半死不活的鹭。我们割了鹭的脖子，但这鸟的血太轻，都落不到地上。我们只好就着它的脖子采血。仪式可以开始了。阿莫明确告诉我，我母亲的灵魂需要抚慰。

——她想要什么？

我问。

我老妈借着念嘎①的嘴说，我要是想得个安宁，就也得让她安宁。我要让自己的童年全速行进，白天就要玩耍，让欢乐环绕整座古老的堡垒。我要成为完完全全的孩子，要让她听到我的快乐嬉戏声，让她这个做母亲的宽下心。

从那时起，我的叫声和笑声就点燃了收容所的长廊。我几乎是个全职的孩子。白天，孩童的一面掌控我的身体。晚上，衰老则压在我的身上。我躺在床上，把其他老人叫来，给他们讲点儿我的故事。我的同伴们知道这些讲述对我有生命危险，每讲完一段我都可能会被死亡咬住。就算这样，他们还是求我继续讲。我细细地讲了一串儿又一串儿，他们不耐烦了：

——见鬼，这家伙永远都死不了……

——等他的故事讲完，我们都得死了，就他肯定还活着……

——当然啦，因为他是编的。他从来就不讲真话。

我确实是在编。但既不是总在编，也不是全部都编。有

---

① 念嘎：巫师。

缅栀子树下的露台

一天晚上，我说了太多，觉得自己耗尽了。我想：现在我是踩在终点上了！从我面前划过的星星都是之前的夜晚里从没有见过的。我的嘴里已经没有词语在通过了。我这是已经死了吗？

没有，我的胸口还在起伏。最奇怪的是，当最后的界限掠过时，我的身体逐渐脱去皱纹，我也逐渐失去衰老的模样。生命的期限在我这里截止，我却在以重生的面貌绽放？

老人们交换着眼色。这次我说的会是真话吗？我感觉他们里面有些人哭了。一开始，他们迫切地想看到死亡的场景，现在却后悔了。因为在我之中死去的人居然和他们不同。那是个孩子，一个完全处于童年的存在。这样一个孩子是不该死的。他们突如其来地怀念起我那温和的孩子气，这让他们感到刺痛。我是穿过阴暗长廊的唯一的光。我的铁圈现在还有谁能玩呢？曾经在长廊里发出响声的自行车轮，现在还有谁能让它转起来，转得晕乎乎呢？

看到我要死了，他们做了决定：必须要抓紧时间举行一场真正的仪式，必须要为这孩子——也就是我纳维亚·卡埃塔诺——祈求救赎。于是他们准备了鼓和卡普拉纳，还藏起来一些布。这都是为了平息占据我身体的穆兹目①。

———————————

① 穆兹目：莫桑比克中部语言里的"灵魂"或"鬼魂"。

第三章　纳维亚的告白

——我们都有吗，这些东西?

是啊，甚至连鼓都是现造的，用的是临场找来的锅和管子。毕竟悲伤有法子从一切事物中制造音乐。前一晚桶桶酒①就已经备好了。他们从收容所的储藏室里偷了些东西，几个小时里不停地欢庆着，大喝特喝，时不时看一眼躺在床上的我——我还是死不了。于是他们又唱起歌跳起舞来。就连那白人老头儿都情不自禁地跳了起来。女巫阿莫把双手放在葡萄牙人脸上，对他说:

——我想知道你这鬼家伙说的是什么语言。

阿莫这么说完，便命令大家继续跳舞。接下来，人们传着烟管吸起了草烟，烟味像眩晕的感觉一样飘散开来。

——我看到大海。

白人说。

一点儿也不奇怪，这葡萄牙人总是看到海，只是看到海。女巫于是摆动双臂，做出各种姿势，进入了歇斯底里的状态。她的身体像是在从灵魂中脱出。她的话语里走出了另一个声音，这是来自深处的声音。我让其他人都安静些:

——闭嘴，听!

---

① 桶桶酒:即 Tontonto，家酿白酒，可能由葡萄牙语中的 tonto（痴傻、晕眩、酒醉）变化而来。

缅栀子树下的露台

——*这鬼魂说的是葡萄牙语。*

——*这是葡萄牙语？听都听不懂……*

确实如此，但这是古老的葡萄牙语。这鬼魂曾是个白人士兵，死在了堡垒的庭院里。女巫阿莫说他望着大海是在等一艘船。

——*和你一样啊，多明戈斯，总是看着海。*

——*但是我又不等什么船……*

——*那是你这么想，老家伙。*

——*你们都闭嘴，听鬼魂说话。*

——*好吧，我们也想知道这士兵是谁。*

这士兵病了，几乎是疯了。他看海看得太多，以至于眼睛都变了颜色。他看到的最后一样东西是暴风雨的到来，而暴风雨是鹭鸶洁白的孤独。之后，他的眼睛便消失了，只留下两个空腔，没人敢往这两处洞穴里看。他死的时候没有葬礼，也没有告别……

雷声突然爆发，像是战争的回归。我们停住了舞蹈，不安地看着阿莫。她安抚我们说，只是云朵在互相撞击罢了。我看向天空，却没有一点儿云的痕迹。在繁星遍布的夜里，我只窥见一只猛禽急速掠过，威严地穿过夜晚的辉光。那会是猫头鹰吗？云朵到底是躲去哪里了？第二声雷炸响，这一次离地面相当近。我一看，原来是所长在踹桶桶酒的桶子。酒液都泼到地上糟蹋了。祖先们也不需要喝这么多酒啊！

——搞什么鬼？这是在干吗？

我们的仪式被瓦斯托·伊瑟兰西奥粗暴地打断。所长妄用他的嘴巴玷污了我们的名字。

——我没说过收容所里不许耍这些猴戏吗？

其他老人解释说这仪式是为了救我。混血儿瓦斯托惊讶地看了我一眼。他走近我的床，像是要确认我的身份。当他的眼睛和我对视时，就像是被什么东西撞了一样。他摇摇头，揉了揉眼皮，想把视野倒出来，然后转过身宣布：

——要么现在就给我把这堆烂摊子收拾好了，要么我就一把火烧了这酒，还有老家伙和小家伙们。

说完他就走了。老人们互相看了看，一个个比泼了的桶桶酒还要空。阿莫站起身来，走到我床边。她拿起床单，开始用油擦我的腿。我感到一股热气啃咬着内部的骨头。过了一会儿，女巫鼓励我从床上下去：

——你走吧，纳维亚，去做你必须做的事……

我不花力气就站了起来，就像是有一只无形的手在推着。人们都发声激励我：

——你可是个孩子啊，你有年轻人的力量！

缅栀子树下的露台

——*对啊，纳维亚，快去杀了那个狗娘养的……*

我闭上眼睛。死亡争抢我的身体原来是为了杀人吗？我松开手。老人们扶着我慢慢挪向门口。月光落在我的身上。这时我才注意到自己右手里攥着一把闪闪发光、主持正义的匕首。

第四章
生者中的第二日

第四章　生者中的第二日

第二天早上，我等着伊泽迪内睡醒。他再醒就是当天早上第二次起床了。在这之前玛尔塔已经让他从床上跳起来过一次。玛尔塔带来了一杯茶，警察一口气把它喝完，眼里满卷着睡意。老鼠、蟑螂和噩梦搞得他没什么精神。玛尔塔看到他这样，笑了笑便走了，让他再休息一会儿。警察马上就又睡着了。前一晚他睡得实在太差！他会不会是怀疑我在他身体里呢？不太可能，我比蜘蛛网上的雾还要轻薄。

伊泽迪内几个小时后又醒了。出门前，他对着旧桌子上乱糟糟的衣服看了一会儿。之前就是把衣服这么摊开放的吗？突然，他在帽子旁边看到了前一晚扔出去的壳，于是站起身把它收起来。伊泽迪内将它放在外套的一个口袋里，之后便开始推进自己安排好的计划：他要下到海滩上，在被海浪撞击的巨大的岩石上走一走。之前人们就是在那里发现尸体的。

浪潮正低，把大片的沙石露在外面。可以听到海鸥尖厉

缅栀子树下的露台

悲伤的鸣叫。过不了多久就能听到绍丽鸟的声音了，这是一种呼唤涨潮的小鸟。大海便是在鸟儿的命令下涨落。不久之前让海水退去的则是绰绰鸟。像海洋这样巨大的存在居然会服从于如此渺小的禽鸟，可真有趣。

曾经，礁石峭壁旁有一处栈桥。我艾尔莫林杜·穆坎噶在上面做过木匠活儿。死亡中断了我的工作，而国家独立则叫停了剩余的工程。之后，大海对这座未完成的港口进行复仇，只留下了零散的石头和固执地蜿蜒在此的主体。

伊泽迪内坐在潮湿的沙子上。海浪的声音有助于他思考。很明显，犯罪者不止一个。要拖动像伊瑟兰西奥这样的男人需要搭好几把手。或者说犯罪就是在这里进行的，就在岩石旁边，谁知道呢?

伊泽迪内望向环海的礁石，却看到了玛尔塔。她在窥视他，跟随着他的一举一动。护士的做法仿佛是在怀疑他有什么隐秘的动机。那天早上，在送过茶之后，她拒绝陪同警察:

——我不想制造麻烦。您一个人就足够手忙脚乱了……

——抱歉，我不明白……

玛尔塔后悔地收了声。她原地转了一圈，迟迟不做解释。最终还是开了口，假装擦拭警探衬衣上的灰尘。

——这里的生活所含有的东西不是我们找就能找到的。

按照她的提醒，警察只该静静坐着。那不是他的世界，他只能尊重。只能放任一切安宁平静，甚至于沉默和缺失。伊泽迪内质疑。前一晚，老孩子让他陷入十足的云里雾里。纳维亚·卡埃塔诺请他倾听大海，说是除了波涛声，人的叫喊也会到达他的耳边。

——叫喊？

伊泽迪内问道：

——谁的叫喊？

——死者的。

卡埃塔诺回答道。

他没有再说什么。警察十分困惑，因为现在玛尔塔·吉莫又让他做几乎相反的事。

——昨天别人让我倾听，而您又让我做相反的事。

——别人让您听什么？

伊泽迪内重复了纳维亚谜一般的建议。纳维亚是想说什么呢？玛尔塔完全可以帮他解释，她却笑着摇了摇头。这位护士做着鬼脸。伊泽迪内又求了她一次。她终于应允了。老人的意思是，海浪的轰鸣之下隐藏着海难遇害者、淹死的渔夫和自杀的女人的声音。在这些哀叹声中，瓦斯托·伊瑟兰西奥的叫喊声一定会传到他耳边。警察轻蔑地笑了。玛尔塔

缅栀子树下的露台

对他的怀疑论纠正道：

——*您注意到自己的傲慢了吗？要知道，每天早晨死者都会喊出杀手的名字。*

——*我没法相信。*

——*每天早晨死者都会呼喊出复仇的誓言。*

现在，警探紧挨着浪涛拍岸处而坐，回想着护士的话。他笑了。也许玛尔塔说得有理，谁知道呢？他是在欧洲上的学，莫桑比克独立几年后回了国。这样的远走他乡让他对文化、语言，还有铸造民族灵魂的细微之物认识有限。一回到莫桑比克，他立刻就进了办公室工作。他的日常生活仅限于马普托的一小部分，除此几乎没有别的。在乡下，他只是个外来人罢了。

他站起身拍了拍沙子，动作里有某种愤恨，就像是想要拍去的并非沙粒，而是自己的记忆。他在岩石上走着，直到看见一把步枪。这枪甚至都没被藏起来。它似乎是被海浪拖上岸的。伊泽迪内在附近找了找，有些木头的残骸，像是木筏的碎片。一艘船出现在这地方？但所有人都和他保证过，这片水域根本没法航行。他想起了老人纳维亚的话：

——*这里的海承载的背叛比浪更多。*

前一晚，纳维亚给他讲过一个故事。曾有一位老人想从海上逃跑。他临时造了一艘木筏便下了水。但岩石和大海像中了魔法一般改换了面貌。老人认为是海浪的部分突然凝固，变成石头，而峭壁则溶解为液体，小船四散瓦解。纳维亚陷入了幻想之中，避而不谈结局。

纳维亚是从他的想象中扯出故事的吗？不管这个故事是不是编的，这片海确实不适合航行。木筏的故事难道是真的？那是逃跑失败留下的残骸吗？怀疑让警探皱起了眉头，人们对他隐藏了什么。深陷思索的伊泽迪内甚至没有注意到夜幕将至。他加快脚步走上返回的路。这天晚上，他约好和葡萄牙老头儿多明戈斯·莫劳会面，便在庭院里等着他，但多明戈斯迟到了。警察坐在堡垒的边缘，感受到远处海洋的声响。突然，他觉着自己听到海滩上传来真实的人声。

——*这响声不是人发出的。*

是玛尔塔，她从阴暗处慢慢走来，穿着一身卡普拉纳。玛尔塔走上近前，停在他旁边。他们两人就像是堡垒无声的守卫。

——*是大海发出的吗？*

——*也不是大海。这响声是夜晚本身。从您那里来的人很久都听不到夜晚了。*

缅栀子树下的露台

她坐下来，用卡普拉纳盖住腿，然后小声哼唱起一首古老的摇篮曲。伊泽迪内被带去了远方，带去了无事可以发生的地方。

——*我母亲也给我唱过这首曲子。*

但玛尔塔已经不在那里。她离开了，好似游荡的阴影。警察又待了一会儿，尝试解读伴随浪涛到来的声音。他的眼皮重了起来，最终没能抵抗睡意。很久以后伊泽迪内才醒来，一只手把他唤回了现实，正是葡萄牙老头儿：

——*来从这儿俯瞰大海吧！*

多明戈斯·莫劳端坐在缅栀子树旁的一条石凳上，双眼落在地平线上，就这么问道：

——*先生，原谅我的唐突。您是生在海边吗？*

伊泽迪内否认了。葡萄牙人说，他听说有一片遥远的土地，土地上的老人每晚都坐在海滩上。就这样静静坐着。大海会来挑选自己要带走的人。

——*谁知道今晚我是不是被选中的那个呢？*

葡萄牙老头儿闭上眼，住进长长的沉默中。然后，他说。

第五章
葡萄牙老头儿的告白

第五章　葡萄牙老头儿的告白

——大海在这地方多舒服啊！

那天下午，我这么说道。这是自言自语吗？并不是，我在和下面的波浪说话。我是葡萄牙人，多明戈斯·莫劳是我生来的名字。在这儿人们叫我西地明戈。我很喜欢这次再命名，有个这样的名字就可以避免想起自己。警探先生，您要我回忆近期的事。如果您想知道，我就给您讲。一切都发生在这里，总是在这片露台上，在这棵缅栀子树下。

缅栀子有着白色的花、黄色的心儿，我的生命浸满了这种花香。但现在它没什么味道，因为现在不是花期。警探先生，您是个黑人，没法理解我有多爱这种树。你们这片土地上只有这种树没有叶子。只有它是光秃秃的，就好像冬天要来了。我一到非洲就再也感觉不到秋天。时间就像是不走了一样，似乎总是同一个季节。只有缅栀子树能把时间经过的感觉还给我。并不是说我现在需要感受时日的推进，但这片露台上的花香能治愈我对在莫桑比克度过的时光的怀念。那

缅栀子树下的露台

是怎样的时光啊！

二十年前，国家取得独立的时候，我妻子走了。她回葡萄牙了。她从我这儿带走了蹒跚学步的孩子。离别的时候还回了我一句：

——*你就留下吧！我永远都不想再见到你！*

我觉得自己就像是进了沼泽。我的意志黏糊糊的，我的窝陷在泥巴里。是啊，我本可以离开莫桑比克的，却永远都没法开始新的生活。我是什么？某种东西的残余吗？

我给您讲个故事。听说这是很久以前达伽马那时候的事。据说那时候有个黑人老头儿，他在海滩上走来走去，捡拾海难船的残骸，把它们都收到一起埋了。于是发生了这样一件事，他插在地上的一片木板长出了根，重生成了树。

没错，警探先生，我就是那棵树。我出身于另一个世界的一片木板，但我的土地在这里，我的根在这里重生。每天将我播种的是这些黑人。您明白我的话吗？我说得无聊吗？我得慢慢靠近，就像甲虫在钻进洞之前要先飞上两圈。抱歉啊，我这葡萄牙语说的，都不知道是在说什么语言，我的语法全都染上了这片土地的颜色。警探啊，我不光说话是别的方式，思想更是。就连纽纽索老头儿都为我丢了葡萄牙味儿感到悲伤。我还记得有一天他和我说了这话：

第五章　葡萄牙老头儿的告白

——你啊，西地明戈，你属于莫桑比克，莫桑比克也属于你。这没问题。但是要被埋在这地方，你不害怕？

——这地方？你说哪儿？

——在莫桑比克的哪个公墓里。

我耸了耸肩。在这收容所里我连个公墓也不会有的。但是纽纽索坚持道：

——你的灵魂不属于这地方。要是被埋在这儿，你死了也不会安宁的。

无论被埋了还是活着，我就是不安宁。在这地方，您会听到很多关于我这个葡萄牙老头儿的事。他们肯定会和您说我干了什么，发生了什么也都说是我干的，甚至会说从后面那儿蔓延过来的田地都是我烧的。说起来也算是真的。没错，我是在荒野上放了火。但那是出于个人动机，是我自己的命令。我每次往堡垒后面一看，就看到无边无际的草原。面对这样荒淫的广阔，我放火烧尽的本能就来了。

如今我是知道了，非洲偷走了我们的存在。它用相反的方法把我们倒空——填满我们的灵魂。因此，就算到今天，我还是想烧了这些田野。为了让它们失去永恒。为了让它们从我这里出去。我是多么流离失所啊，已经都感觉不到自己远离什么东西或什么人了。我把自己交付给这个国家，就像

缅栀子树下的露台

皈依宗教一样。现在我只想做这地上的一块石头而已。但不是随便一块石头，不是谁也不会踩的石头。我想成为路边的一块石头。

别担心，这就回到我的故事上。话说到哪儿了？我前妻的离开。对。她走了以后，混乱就来了。我和您讲的时候是带着悲伤的：我爱过的莫桑比克正在死亡。它再也不会回来了。留给我的只能让我用大海遮盖自己的这么一小块儿地方。我的祖国是一片露台。

这些年来，我在小小的祖国里冲击着，造出了一个入海口。我困倦地流动着，无阻地游荡着。在阴影中将自己提炼为王，倚靠着那片喃喃之声，像是我出生时的摇篮曲。只有双腿的疲惫有时会让我烦忧。但我的双眼在地平线上燕飞，补偿了老年的疼痛。

亲爱的警探，葡萄牙有很多大海，但没有那么多大洋，您知道的。我是如此热爱大海，以至于眩晕的感觉都让我喜欢。我都做什么呢？盛上他们的传统酒酿，任凭自己像个祖鲁人一样在月光下发疯。就这样，在晕眩中我陷入了身处大海、飘在船上的幻觉。同样的理由把我困在了缅栀子树下的这片露台，我用无尽供养自己，逐渐迷醉。对，我知道这么做的危险，把天和水混在一起的人最后也将分不清生命和死亡。

第五章　葡萄牙老头儿的告白

我说了很多关于大海的事？请让我解释，警探先生。我就像鲑鱼一样，生活在大海，但总要对抗水流，跃过瀑布，回到自己起源的地方。我回到出生的河流，是为了在这里留下自己的种子，然后就死去。然而我是失了记忆的鱼，在逆流而上的时候为自己编造着另一处东方。就在这时，我因对大海的思念而死去。大海就像肚子一样，是唯一还能让我出生的肚子。

我的话说得太多了。抱歉啊，我现在不太习惯和有急事、要事的人相处。因为我们这儿谁都没有工作。做什么呢？我和我朋友纽纽索说，我们要做点儿什么也还早，却在等做什么都太晚的时刻到来。在整个收容所里，我一直是唯一的白人，其他都是莫桑比克的老人，都是黑人。我和他们只有等待的工作。什么？您真该加入我们这种闲散。别担心，把表放下。从现在开始我会更直接一些。我从之前的地方重新开始讲，就是我们现在身处的这片露台。

事情发生在一天下午。那一天的天空蓝得像是弥留之际：最后一只海鸥，最后一朵云彩，最后一声叹息。

——现在，没错，现在我只剩下死了。

我这么想着，因为在这地方，人是在衰颓，死得慢到我们自己都意识不到。老年不就是停滞在身体里的死亡吗？在

缅栀子树下的露台

缅栀子花甜美的香气里，我嫉妒大海，它虽然无限，却还等着其他的水给它补充。我自言自语了这么一番话。人老了，所有的时间就都是在聊天。我大声请求上帝当天就带去我的生命：

——*上帝啊，我今天就想死去！*

到现在这些话还让我起鸡皮疙瘩。因为我感觉到的是宁静的幸福，没有什么痛苦搅扰我。然而我缺乏死亡的能力。我的胸膛服从于波浪的曲折起伏，就好像是对仅存于时间之外的时间有着记忆，在时间之外，风散开自己巨大的尾巴。我的朋友们相信所有日子都是可以死而复活的第三日[①]，他们可真幸运啊！

但我想在那个没有云彩，也没有海鸥的下午死去。让我想要自我了结从而变得无限的并不只是大海，也是缅栀子花。我就像是和土地结了亲，就像是从我自身之中开出了花。

——*确实，今天我是不会因为死亡伤心喽！*

——*看看，我还是能对你肆意妄为。*

这不是我说出的话。我甚至都没有注意到瓦斯托·伊

---

① 可以死而复活的第三日：《圣经》中记载，耶稣于死后第三日复活，复活之日是一个星期天。"多明戈斯"这个名字在葡萄牙语中即为"星期天"的复数形式。

第五章　葡萄牙老头儿的告白

瑟兰西奥的到来，这个臭婊子养的！他是个混血儿，又高又壮，总是穿得很光鲜。这家伙笑了，耸着肩：

——*你这老东西是真想死？还是你已经死了，只是自己不知道？*

从那畜牲嘴里说出的话挠伤了我。但混血儿继续说着，激发着我的兽性：

——*别害怕，老顽固。明天我就要走了。*

真是意料之外，让我惊讶：这个混蛋就要离开我们了？他要怎么走呢？

——*你不信？*

我摇摇头表示否认。瓦斯托绕着缅栀子树的树干打转，就像斗牛士研究公牛的脖子。他的话愈发刺痛着我：

——*你知道吗，老东西？我要把我老婆也带走。把厄尔内斯蒂娜也带走。嗯？听到了吗，老东西？不说话？*

——*说什么？*

——*厄尔内斯蒂娜不在了，你又要偷窥谁呢？嗯？怎么办呢，老东西？*

我放弃了。瓦斯托邀请我憎恨他，和他争吵。但我只能拒绝。直到他站起身来，用力拽着我的手腕。

——*想知道我为什么总是虐待你吗，莫劳？就算你是从*

缅栀子树下的露台

卢济塔尼亚①天上掉下来的天使?

我假装紧盯着天空,只是为了避开他的脸。我想起了这些年来遭受的许多责罚。所长把两只脚都踩在我的脚踝上。

——疼吗? 还能怎么样呢? 天使可没有脚啊!

他就这样踩着我身上最疼的地方,这个混血儿践踏的尤其是我的灵魂。

——你这是在装石头? 啊,确实,石头不就是用来踩的吗?

我忍耐着,眼都不眨。这个混蛋呼出的气在我身上溅起又滴落。他嘴里重复着一连串咒骂。他扯着我的耳朵,啐在我脸上,然后从我身上下来,走开了。我终于有理由愤怒了,我拿起一块石头对准那混蛋的头。没想到一只手拦住了我的动作。

——别这么做,西地明戈。

是厄尔内斯蒂娜,伊瑟兰西奥的妻子。她把我拽到石凳上,双手抚摸我的背。

——坐在这儿吧。

我服从了。厄尔内斯蒂娜用手指梳过我的头发。我闻了闻周围的空气,什么味道都没有。她的香味是我幻想出

———————————

① 卢济塔尼亚:即葡萄牙。

来的吗?

——*你不明白他的恶意，对吗?*

——*不。*

——*因为你是个白人，他就得虐待你。*

——*为什么?*

——*他害怕别人说他有种族歧视。*

我是真不明白。然而，能这样坐在她身边，我也不想明白什么了。我只是站起来摘了几朵花。在献上它们的时候，脆弱的花瓣因我的动作而脱落。厄尔内斯蒂娜用手捂住了脸。

——*我的天，我多喜欢这香味啊!*

我把自己星期天穿的衣服往平整拽了拽。我已经对日子和星期完全没有概念了。对我来说每一天都有着星期天的味道。也许我是想加快度过自己还剩下的时间。厄尔内斯蒂娜问我:

——*你不感到怀念吗?*

——*我?*

——*你这样看着大海的时候，不感到怀念吗?*

我摇了摇头。怀念? 怀念谁呢? 相反地，我觉得这份孤独的味道不错。我发誓，警探，我挺喜欢离自己的家人远远

的。不用知道他们抱怨什么，得了什么病。不用看到他们是
怎么衰老的。尤其是不用看到他们死去。我在这儿，离死亡
很远。这是留给我的一份小小愉悦。远离，离得这么远，它
的好处就是没有家。家人和老朋友都远在整片大海的另一边
呢。他们就是死了也是远远地消失，就像落下的星星一样。
没有一点儿声音，不知何时落下，也不知落在何处。

　　相信我，警探，您永远也不会找到这次死亡的真相。
首先，我的这些朋友都是黑人，他们不会对您讲真话的。对
他们来说您是个洋人，和我一样的白人。他们几百年前就学
会了不要对洋人坦白。他们受的就是这样的教导：要是对一
个白人敞开心扉，结果就是丢了灵魂，最深处的东西会被偷
走。我知道您要说什么。您是和他们一样的黑人。但您可以
问问他们是怎么看您的。对他们来说您就是个白人，是个外
来人，不值得信任的人。做白人不是人种问题。您明白的，
不是吗？除此还有别的，就是生活本身的制度。我已经不
相信生活了，警探。事情只是在假装发生。伊瑟兰西奥死了
吗？还是说他只是变了，变得看不见了？

　　我就说到这里，警探。是我杀了收容所所长。出于嫉妒
吗？我不知道。我想我们永远都不知道情杀的动机。如今，
在已然冷却的时间里我找到了解释：那天下午和厄尔内斯蒂

娜告别时，我发现她不让别人从侧面看她。最终我明白了。她的脸上有伤，是被打的。

——*瓦斯托又打你了？*

她转开了脸，捏住我的胳膊，劝我平静。

——*别管了，没事儿。*

她说。说完便走了，头颅低垂在双肩的阴影中。我如此喜爱的那个女人并不只是一个人。她是所有的女人，也是所有被生活击溃的男人。于是一切对我而言都变得简单：瓦斯托应该消失，我该杀了他，越快越好。我便等着夜晚到来。他晚上总会从一条狭窄的露天长廊走过，这条长廊连接着他的房间和厨房。我在上面放置了陷阱——把一块大石头升上去，放在高处，准备让它砸向瓦斯托·伊瑟兰西奥。

现在让我一个人待着吧，警探。唤起回忆对我来说并不容易，因为到我这儿的回忆是被撕碎的，碎成找不到的一片一片。我想要仅仅属于一处的安宁，我想要不必割裂回忆的平静。整个人属于一种人生，这样就能确保只死一次。要完成这么多次小小的死亡对我来说并不容易，这样的死亡我们只能在自己最深处的黑暗中发现。让我静静吧，警探，就在刚才，我死去了一点儿。

第六章
生者中的第三日

第六章　生者中的第三日

这是我在堡垒里的第三天。伊泽迪内沉浸在犹疑之中。老人们的证言把他送上了看似错误却无法忽视的路。老人们都是关键证人，但从玛尔塔·吉莫那里才能得到有充分价值的信息。然而护士委婉地抗拒着。她拒绝约谈，说自己要工作，但她明显没有任何护理工作要忙。她的时间都用来和老人们一起玩了，他们笑着，聊着，说着很多种语言，警察不明白这是在说什么。但有件事他很确定，玛尔塔和老人们是在笑话他。

那天下午，警察走近玛尔塔，她正坐在纳维亚旁边，这次似乎真的是在行使自己的职责。

——坐下吧。我在治疗纳维亚呢。

老孩子把裤子卷了上去，露出自己细瘦的腿。玛尔塔解释说之前收容所里有人得了麻风病，现在她要确保这病没有再犯。纳维亚·卡埃塔诺对自己细瘦的腿评价道：

——这是时间啊，护士小姐。时间是烟，它在风干我们的肉。

　　玛尔塔·吉莫耐心地笑了。她离老人更近了些，露出他的背，看看能不能找到麻风病的痕迹。纳维亚似乎不太自在。

　　——别闻我，护士。

　　——为什么呀？

　　——因为我在散发一种蜡烛熄灭的味道，这是死物的气味。

　　他用一只手拦住了护士，查看起自己的腿。他抓住一样东西，在手指间把它碾碎。

　　——看到这只跳蚤了吗，护士？

　　——我什么都没看到。

　　——这只跳蚤不是我的。我认识自己的跳蚤，它不是我的。

　　护士微笑着让他拉直自己的裤子。

　　——你都吃些什么啊，纳维亚？

　　——留给我的那些小渣渣。

　　——别和我讲你那猫头鹰的故事，纳维亚。这故事是给警探讲的，别给我讲。

　　然后，玛尔塔拍了拍他的后背。

第六章　生者中的第三日

——好了，走吧！现在我得和警探聊聊了。

纳维亚磨蹭着不走，好奇心把他拴在原处。他返回了两次，装作是在找自己的车轮。当警察和护士终于能单独相处的时候，玛尔塔向警察伸出手。

——我怕忘了！有人让我把这个给您。

她的右手心里躺着一样小小的物什，是一片鳞，和房间里出现的那些一模一样。

——这是谁给的，护士？

——我忘了，警探。

她说话的时候带着一丝讽刺的微笑，一字一顿地说出"警探"二字的时候就像是在吐出某种侮辱。伊泽迪内假装无视她讽刺的语气，直入主题：

——我昨晚在岩石上找到一把步枪。

——一把步枪？不可能。您应该是搞错了……

警探发了怒。他对护士喊叫，说她根本就不想帮忙，还说她在隐藏什么东西，这么做是会遭到法律惩罚的。

——听着，警探先生，发生在这里的罪恶不是您正在搜查的那一起。

——这话是什么意思？

——看看这些老人，警探，他们都在死亡。

缅栀子树下的露台

——这是我们每个人命运的一部分。

——不是一回事，您明白吗？这些老人不只是人。

——那他们是什么？

——他们是一个世界的守卫者，就是这个正在被杀死的世界。

——抱歉，这对我来说是哲学问题。我只是一个警察。

——人们在杀死过去，这才是真正发生在此处的罪恶……

——我还是不明白。

——他们在杀死最后的根，能防止我们变得和您一样的根……

——和我一样？

——是的，警探先生。没有故事的人，只靠模仿存在的人。

——胡扯！时代变了，这是事实。这些老人属于过去的一代。

——但这些老人正在我们里面死去。

护士拍着自己的胸口，加重语气说：

——他们正在这里死去。

玛尔塔·吉莫站了起来，转过身。伊泽迪内后悔不该和这个女人争辩。玛尔塔是他应该调查的一处信息源，因为聊不下去的原因把她赶跑了可不理智。他只剩下三天而已了，不能浪费时间，更不能和这个女人失去联系，她愈发像是能揭秘伊瑟兰西奥死亡案件的唯一桥梁。

那天晚上，伊泽迪内准备睡觉的时候听到了女人的叫声。他便跑进了漆黑的窄巷间。叫声是从玛尔塔房间传来的，是她在喊叫。警察攥着手枪冲进房间，里面很黑，他看不清护士是在和谁扭打。伊泽迪内冲上去保护她，横在她和看不见的敌人之间。玛尔塔倒在了地上，警探寻找着入侵者却一无所获。突然，玛尔塔·吉莫放声大笑，笑得蜷成一团，喘不过气。然后她打开门，走到月光下。睡裙中透出她的身体。

——*到底是谁？*

伊泽迪内问。

——*是只蝙蝠！*

她的声音因笑意而颤抖。伊泽迪内·纳伊塔可找不到笑的力气。他看了看自己，像是对镜自观：手上拿着枪，身上只穿着内裤。玛尔塔走近他，摸了摸他的头发。

——*看到了吗？我们被蝙蝠的毛弄脏了。*

她笑着把头甩向后面，让伊泽迪内放下武器。

缅栀子树下的露台

——知道我们现在该做什么吗？

——该做什么？

——如果我们遵循传统的话，该做什么呢？

——不知道。我哪知道要做什么，洗澡吗？

——我们应该做爱。

警察不知该说什么，只能微笑。尴尬让他急着离开。走时他的身后还传来了护士最后的话语。

——可惜您不是遵循传统的人。真可惜呀，您不觉得吗？

第七章
纽纽索的告白

第七章　纽纽索的告白

你和葡萄牙老头儿聊过了吗？我敢打赌，他和你讲了他在缅栀子树底下坐着的那次。对啊，我记得那个下午。我走到露台上，看到那个白人老头儿睡着了，就松了口气：我要做的事不怎么需要眼睛，但需要很多荫蔽。我蹑手蹑脚地走过去，抽出刀高高举起来，砍了第一下。刀刃深深陷入柔软的树干里面。我从没想过那白人会醒。但我错了。西地明戈突然挥起手臂：

——你这家伙在干什么！

——没看到吗？我在砍这棵树。

——说到树，纽纽索你这个混蛋，这棵树是我的。

——你的？滚吧，洋鬼子！别来烦我！

我们之前从没有这样说过话。多明戈斯·莫劳——也就是我们的西地明戈——站了起来，踉踉跄跄地向我冲过来。我们俩暴力地扭打成一团。那白人打了我，他就像是失去理智变成动物一样。但是我们没打多久，可怜的拳脚就没了力气，只有呼吸还在疲惫的胸腔里呼哧作响。我们俩不自在地站起身来。

——你总想使唤我。知道吗？殖民主义那一套已经完蛋了！

——我谁也不想使唤……

——怎么不想？我可不信白人。白人就像变色龙，从不把尾巴伸直……

——那你们黑人呢？说着白人的坏话，但只想变得和他们一样。

——白人就像辣椒，人一吃到就能知道，因为它辣嗓子。

——我和你的区别就是，我是头发留在梳子上，你是梳子留在头发上。

——闭嘴吧，西地明戈！你说话就像放屁！

白人老头儿自顾自笑了起来，之后开始调整自己的身体。他的嗓子疼得就像是长颈鹿脖子拐了弯。他一动不动，眼睛半闭着待了一段时间，就像是晕过去了。

——你在呼吸吗，莫劳？

——听着，纽纽索，你是想再挨一次打？

——你才要挨毒打呢，白老头儿……

——等我再歇会儿，就给你好好来一拳。

第七章　纽纽索的告白

——想给我一拳，你得先歇上一百年……

我们严肃地对视着，突然都笑了起来。我们碰拳，然后手掌相贴，表示达成一致。之前我们是在为没什么肉的蝗虫而争斗。于是我和他说：

——嗨呀，西地明戈老兄，我挺感谢你的。

——为什么？

——他妈的！我差点儿没揍过个白人，就要死了。

——你把这叫揍？我感觉是抚摸……

——什么抚摸。我可是结结实实给了你几下子。

——老流氓纽纽索，问你件事儿，你为什么要砍那棵树？

我把刀放到石凳下面，然后解释说，没有别的原因，只是为了帮阿莫。可怜的阿莫已经用光了堡垒附近的讷卡卡纳草[①]。

——但是她要那么多讷卡卡纳干吗？

——为了下奶，唤醒胸脯。

——下奶？那老婆子都九十多了。

我们聊到阿莫，她在哺育想象中的孩子，战争中的弃婴。她说他们是她的孙子。老妇阿莫处在闲言碎语的中心。人们说她杀了丈夫，留下孩子，然后杀了孩子，留下孙子。

———————————

① 讷卡卡纳草：胶苦瓜，莫桑比克人用其叶子入药。

缅栀子树下的露台

之前这么说，现在还是这么说，我也不知道。我只知道阿莫是在家人死后被赶出家门的。人们说她有巫术。

——*这老婆子疯了，纽纽索……*

——*不知道啊，洋鬼子，我不知道。在这世上我是什么也不信了。我甚至问自己：牛角生在牛之前吗？*

白人老头儿弯下腰捡起一朵从树上落下的花。缅栀子花是这个葡萄牙人眼中的美味，他看着它们落下，像是太阳的鳞片，云朵白色的蒸汽。

——*我快死了，纽纽索。我的天空就从这些叶子上面开始，我都快能碰到它了……*

我一听到这话便打了个寒战。这个白人是我近几年来的好伙伴，我不愿意想象他会消失。

——*不会的，洋鬼子。我们还得坐在这露台上好多次呢。*

——*我老了，兄弟，老得连疼都忘了。*

他的眼里充满了香气。他伸出胳膊摸着缅栀子树，就像是要用这单单一棵树造出一整片森林，也造出荫翳，造出鸟鸣的王国。

——*你也来摸摸，纽纽索，看它对你身体有多好。*

就在这时，我看着自己的手，警觉道：

——*哎呀，莫劳老兄，我的指甲被偷走了！*

第七章　纽纽索的告白

——让我看看。当然了，就是在我打你的时候，你的爪子掉了……

——不是。你没看见这是被刀切的吗？是阿莫干的，那家伙想用我的指甲作法。

这场意外让我难受到了要哭的地步。于是葡萄牙人和我说了一句让我永生难忘的话：

——别害怕，我也是个巫师。

——巫师？！

——我会白人的巫术。放轻松，没人会对你做什么的。

但向我袭来的不光是恐惧。我难过到眼睛都肿了：

——那是我最后的指甲。我再没有命能长出新的了。

——嗨呀，纽纽索呀，你还会长出很多指甲的。我知道一个人如果要死了，他一醒来肚脐就长在了背上。

——别逗我笑。

——是真的。我们生下来的时候肚脐长在肚子上，死的时候正相反。我舅舅就是，他醒来发现肚脐在反面，然后当天就死了。

——你呀，洋鬼子，只会逗我笑。你是个好人。

——这你就搞错了，纽纽索，我不好，我只是在罪恶里很不主动。

缅栀子树下的露台

白人老头儿走远了，神神道道的。他掰着手指聚精会神地算着数。为什么要掰着两只手算数呢？是怕自己也丢了指甲吗？

——我在数手指，看看有没有缺……

他害怕流行的麻风病。我感觉挺自在，便笑了。

——哎，看到了吗，莫劳老兄？咱俩是战斗过了！

——挺好，我可是给你正脸上来了一拳。

——妈的，简直像莫解阵①反对殖民主义。

——我们白人总是赢。五百年里我们总是赢。因为我们有武器……

可怜的葡萄牙人啊，还坚持这种幻想。他不理解过去。并不是武器打败了我们。事实是我们莫桑比克人相信来到这里的人有着比我们更古老的灵魂，我们相信葡萄牙人的巫术比我们的更强，因此才让他们统治。谁曾想他们的故事只是以迷人为主呢？我现在也很喜欢听这葡萄牙老头儿讲故事，便又一次请求他用幻想故事娱乐娱乐我。

——我累了，纽纽索。

确实，没有灵魂的东西让他疲惫。据他说，至少这棵

---

① 莫解阵：莫桑比克解放阵线的简称，该政党成立于1962年，领导了反对葡萄牙殖民统治的莫桑比克独立战争。

树有着永恒的灵魂——它就是土地。我们一碰它的树干，就能感受到土地的血液在我们血管深处循环。西地明戈站着不动，耷拉着眼皮。

——你在呼吸吗，莫芳？

——在呼吸呢，纽纽索。你安静点儿吧，听听大海……

我们望着大海欺骗性的平静。天空中撒上了最初的几颗星星。

——但是那棵树，你为什么那么重视它？

——让我安安静静地和大海说说话。

我回身坐在葡萄牙人旁边。那一刻我深深为他感到遗憾。这个男人会死在这里，远离他的祖先。他会被葬在别人的土地里。是啊，他被判处了最可怕的孤独：远离自己的死者，在人世上也没有给他关怀的家人。我们的神明就在附近。他的上帝则很远，在视野之外，也在到达之外。

——你向上帝祈祷吗，西地明戈？

他摇头否定，回答说他只在不想和上帝说话的时候才祈祷。我用笑来掩饰自己的唐突。

——知道吗，纽纽索，我对上帝很失望。

——怎么说？

——我举个例子啊，这上帝特别懒，你知道吗？

缅栀子树下的露台

——说谎。上帝扶着星星呢，他在成千上万的夜晚扶着成千上万的星星。他累过吗？

——我和你说的是，那家伙是个懒蛋。

——为什么这么说？

——因为他不工作，只创造奇迹。

——快收回你说的，老兄。这可是犯罪。

——上帝也不想管罪孽。他唯一想要的你知道是什么吗？他想从天堂逃走，从那个收容所溜走。

——好吧，说到这个，我们可是和上帝挺像。

白人突然因为这一套长篇大论感到疲惫。他说我们是在浪费唾沫，话题本来是关于我怎么虐待他的缅栀子树的。他说我们黑人没法理解，说我们不喜欢树。这我可就生气了，我们怎么就不喜欢树了？我们像对待家人一样尊重树木。

——是你们白人不懂。我要教你一件你不知道的事。

于是我和他讲了古代的起源。最开始世界上只有人。没有树，没有动物，也没有石头，只存在人类。但是出生的人太多了，众神看到他们数量太多也太过相同，于是便决定把一些人变成植物，把另一些人变成动物，还把一些变成石头。结果呢？树和动物，动物和人，人和石头，我们都是兄弟姐妹，都是用同一种原料造出来的亲戚。

　　我这么说了。但葡萄牙人似乎什么也没听进去，他摇摇头说道：

　　——你不懂，也没法懂。我看你们的梦想是开大车，住大房子……

　　——你会梦想鸡零狗碎的东西吗？

　　——我的理想只是拥有一棵树。其他人想要森林，我只想要棵小树，让我能照顾它，看着它长大、开花。

　　——你是在说阿莫干的怪事儿吧。但至少她的梦能养活孩子。

　　我们已经聊够了。于是便原地躺下，就这么露天躺着。我们都受够了睡在房子里，听着老人们打呼，被虱子、老鼠和蟑螂骚扰。于是便原地躺下，互相挨着，渐渐犯起了困，这时莫劳却晃了晃我：

　　——哥们儿，没必要靠得这么近。

　　他是误解了我想要取暖的意图吗？当我觉得他睡着了的时候，又听到他说：

　　——纽纽索，你睡了吗？

　　——还没呢。怎么了，我的老兄？

　　——有件事我一直没机会说。我们白人的鸡巴好像比较小。

缅栀子树下的露台

——我也这么听说。来看看你的，西地明戈。

——你疯了？我不能露出来。

停了一会儿，他又说：

——你要是想看就自己看。

葡萄牙人解开裤子上的松紧带，吸了吸肚子。

——还真是。

我确认道。

——真是什么？

——几乎只有一点儿大。

葡萄牙人不接受这个结论，对此进行了抗议。我不想再和他吵一次，于是我们立刻约好：

——明天一大早，趁那玩意儿还精神，我们就来比比看谁时间更长。

我们在属于老人的又轻又短的困意中睡着了。我时不时就探一下葡萄牙佬的呼吸。大半夜里他把我弄醒了，指着我说：

——纽纽索，你这混蛋在做梦……

——嗨呀，老兄！那你就非得这么摇晃我吗？！把我的梦都快摇碎了！

——就是要这么干，让你别再做梦了……

——莫劳老兄啊，别管这个了。给我解个惑吧：我们是不是总能梦到女人？我总梦到同一个女人……

——梦到谁？

——就是玛尔塔。也许还梦到让那女人在所有人面前脱光的人？

——我呀，我就喜欢看所长的女人，那个混血妞儿……

——厄尔内斯蒂娜？你可小心点儿，伊瑟兰西奥得把你偷看的眼睛给挖了。

我们两个老头儿又躺下了，颇花了些时间才把身子躺在地上。在我们这个年纪，每个动作对身体的要求都是我们不具备的。白人碰了碰我，问我要一把刀，随便什么小刀片都行。

——你要刀干吗？

——为了让我也能做梦。

做梦？我笑了。老莫劳相信只有在流血的时候才会做梦。他坚信这是真的。如果这红色的液体不从身体里流出来，梦就不会来。那天晚上西地明戈没法获得平静：

——纽纽索？

——让我睡吧，西地明戈。

——我只问一个问题：你见过鹭鸶睡觉吗？

缅栀子树下的露台

——见过，问这个干吗？

——它会用翅膀盖住脸，和人哭的时候一样。鹭鸶不好意思让人看它睡觉。我们睡觉的时候也该这样……

最终，西地明戈被睡意征服了。我等的就是这个时刻。葡萄牙佬谈到的是用翅膀遮住自己的鹭鸶，而我的鹭鸶则是玛尔塔·吉莫。不管天冷还是下雨，她都光着身子睡在地上，用胳膊遮住自己。是我在一晚又一晚地把她从寒冷里救出。但玛尔塔不知道，也没有人知道。这一晚，我起身去偷看自己深爱的女人。

我带上了毯子，因为可能会用得上。玛尔塔总是睡在厨房后面，我走过去的时候一路自嘲。背上的毯子一晃一晃，它是我偷睡女人、谈情说爱的光荣往昔的残余。我想到：

——以前我都是用自己的身体盖住她们，现在却是用被子。

我暗自笑着，突然看到瓦斯托·伊瑟兰西奥走过。他不想被看见，蹑手蹑脚地朝着厨房那边走去，消失在了灌木丛中。等我再看到他的时候，他正在和玛尔塔说话。他们坐着，靠得很近。是在争吵吗？没错，玛尔塔生气了。

突然，伊瑟兰西奥把手放在她肩膀上，像是要逼她躺下。玛尔塔反抗起来，我立马决定插手。然而我早就不是真能做点儿什么的年纪了。我刚迈出第一步就直直滑倒在地。我试着站起来，却再三失败。等我终于走到玛尔塔跟前的时候，瓦斯托已经跑了。这女人哭着，一看到我就举起胳膊，示意我不要接近。这婊子养的瓦斯托伤害了我深爱的女人。

恨意为我做出了决定：我一定要割了这个王八蛋的喉咙。我跑到伊瑟兰西奥刚走过的走廊深处埋伏他。他一靠近我就用力跳了出来，这份出乎意料的力量是我从自己的过去寻来的。我把这家伙推到墙上，脸按在墙壁上，用毯子捂住他的嘴，直到夺走了他最后的呼吸。

事情就是这样，警探。是我夺走了这个混血儿的生命。这是情杀。像我这样的老头儿也可以爱。可以爱，也可以杀。

第八章
生者中的第四日

第八章　生者中的第四日

　　这天早上，警察决定在迷宫中开辟出一片田地。一大早，他就朝着厨房的方向走去，想看看能不能进到仓库里确认一下里面都存着什么。他在路上遇到了还在睡觉的玛尔塔，直到走近，他才发现她光着身子。护士睡眼惺忪地醒了，警探礼貌地移开目光，并道歉说自己会离远一些，让她收拾整理。但玛尔塔并不在意自己毫无防备的样子，反而叫住了警察。

　　——别走，我一直都这样……

　　——什么样?

　　——光着身子在地上睡觉。

　　伊泽迪内等着玛尔塔遮羞。但她就这样一丝不挂地站了起来，声称自己可以聊聊。首先她解释说自己睡在外面并不是为了躲虱子或老鼠，而是因为那些房间给她一种没有墓穴的棺材的悲哀。除此，像这样光着身子睡觉也是为了从土地里接收秘密的力量。

缅栀子树下的露台

——甚至在这片被遗弃的土地上，我还是能感觉到这种来自世界深处、来自世界肺腑的香气。

——也许这香气不是从地里，而是从你身上来的。

——谁知道呢？这样躺着，我就感觉自己是土地的双胞胎姊妹。人们不是说女人会把土地变成另一个女人吗？

——玛尔塔，我想问你一件事，但请你如实回答我……

——我哪一次不是如实回答的？

——我……我想知道你和瓦斯托·伊瑟兰西奥是不是有点儿什么。

——有点儿什么，有些什么，很有什么……

——我在说正经事儿，我想知道你们是不是情人。

她先是想了想，然后突然说道：

——我去穿衣服，马上回来。

她走到一堵墙后面，过了一会儿便又出现，只裹着一条卡普拉纳，神情不悦，动作粗鲁，裹着布料却并不觉得温热。

——我得去看看老纳维亚。昨天他睡得不好。你认识他的，就是老孩子……

——对，他是第一个作证的人。

——昨晚他几乎要走到人生尽头了，就吊在死亡的边上。我得去看看他。

——等等，玛尔塔。

伊泽迪内说着，挡住了她的去路。*你必须回答我。*

——必须！？为什么必须？

——因为我……我是权威。

——你在这儿什么权威都不是。

她躲开警察，想要走远。伊泽迪内追上去，拉住她的胳膊。玛尔塔停在他身边，距离近到她的呼吸都模糊了警察的面容。她用力挣扎，却没能挣脱。然后她的卡普拉纳掉了下去，将她的女性身体裸露在外。玛尔塔抓住布料草草维护着体面。

——玛尔塔，你必须回答。这是我的工作。

——别挡我的路。我也必须工作。

护士又一次试图逃跑。伊泽迪内更用力地抓住她光滑的胳膊，十分严肃地说：

——听好了，你这乡下小护士。我的工作推进不了。现在我知道是为什么了，就是你一直在干扰我的调查……

——我？

——没错，就是你一直给老人们灌迷魂汤，让他们编鬼话糊弄我……

——他们说的不是鬼话，只是你不理解。

——我不理解？

缅栀子树下的露台

——他们全都在和你讲最最重要的事。是你不说他们的
语言。

——我不说？我们不是一直说葡萄牙语吗？！

——但他们说的是另一种语言，另一种葡萄牙语。知道
为什么吗？因为他们不信任你。我只问你这个：为什么你不
能放下警察的身份？

——因为我确实是警察，我在这儿就是警察……

——这里容不下警察。

——但我们聊这些傻话是干吗？我来这儿是为了找出是
谁杀了……

——你就只想找出罪犯。但这里存在的是人。他们都是
处在人生末尾的老人。但依然是人，他们是这个世界的地，
就是你在城市里踩着的地。

——说什么地，什么人是地！他们明知道一些事，但是
对我藏着。知道我要干什么吗？我要把所有人都抓起来。所
有人都是罪犯，都是共犯。

——好啊，警察。权威就是这样行使的。恭喜您，警察
先生，可以想见您一到马普托就立马要加官晋爵了。

玛尔塔·吉莫把卡普拉纳围好，在一堵矮墙上坐下。警
察把手插在口袋里，目光在海洋中逡巡。这时他才发现天气

很好，海水和天空竞相争碧。蔓延至目光之外的宁静似乎安抚了他。伊泽迪内深深叹了口气，坐到护士身旁。他的声音已经跪下了：

——请你帮帮我。我没有时间了，我不知道该做什么。

玛尔塔把脸埋在胳膊里，就这样沉默着反抗。她的沉默大过了警探的耐心。男人坚持道：

——你想让我怎么做？告诉我吧，毕竟你懂这个世界……

——你想判他们罪！

——我是想知道真相……

——你想判他们罪，知道为什么吗？因为你害怕他们！

——害怕，我？

——没错，你害怕。这些老人是你压抑在脑海深处的过去。这些老人让你想起你是从哪儿来的……

怒火又一次让伊泽迪内疯狂起来。这护士是想吵架？他可不是随便哪个警察。他想要答复，那就会得到应有的答复。正当警探准备发起争论时，却发现玛尔塔哭了。这女人突如其来的脆弱让他变得柔和。他把手放在她肩上。但她用力甩开了这安慰的动作。

——让我静静，你这个……警察！

缅栀子树下的露台

　　玛尔塔走开了。警探花了些时间搞清情况，然后决定重拾自己之前开展的计划。他走向保存食品的仓库，在一大堆门栓、插销和门锁前停了下来。就在他准备开门时，却被纽纽索的声音打断了：

　　——*您最好不要进去。*

　　——*为什么？*

　　老人犹豫着要不要回答，然后用自己那不咸不淡的方式开了口，说了些奇怪的话：

　　——*这座仓库丢了地面。*

　　——*它没有地面？*

　　纽纽索点头表示肯定。那里面只有空虚，一口洞里的空虚。那里的地面被土地吞掉了。

　　——*您一进去就也会被吞掉。*

　　伊泽迪内·纳伊塔无视了老人的建议。他一枪打碎大门的门锁。在进入之前他小心翼翼地向内窥看。里面黑黢黢的，呼吸间有股带着怪味的潮气。突然，一阵翅膀的拍击向寂静发出抽打，在深处回响。更多的翅膀聚集起来，伊泽迪内的脸被狠狠击打。他倒了下去，几乎失去意识。门猛地摔上。伊泽迪内已经什么都不知道了，但我——他体内的鬼魂——感觉到纽纽索的手扶着他起来，把他拖到了女巫那里。

第九章
阿莫的告白

第九章　阿莫的告白

我是女巫阿莫。我的回忆要花些力气才能召唤回来。别叫我挖掘过去。蛇会吞下自己的口水吗？您强迫我，我就得说吗？好吧。但您要知道，所有人都不过是假装服从。不要对我的灵魂发号施令。要开口说话的只是我的身体而已。

首先我要告诉您，我们不该在晚上这样说话。在黑暗里讲故事会生出猫头鹰。我的故事一讲完，世上所有的猫头鹰就会挂在您靠着的这棵树上。您不怕吗？我知道，您虽然是黑人，但也是城里人。您不懂得尊重。

那我们就来挖一挖这片坟墓。我说得清清楚楚——坟墓。所有我爱过的人都已经死了。我的记忆是墓穴，我要把自己埋在这里。我的回忆是死物，被埋在水里而非地里。一搅动这水，一切就都变红了。

我让您怕了吗？我被赶出家门也是因为这个——恐惧。人们说我会巫术。我们村里的传统就是把老女人认作女巫。我也受到了不公的指控。人们说我家里连续死人都是我干的。我被驱逐，受苦。我们女人总是活在刀刃的阴影下：年轻时不让我们活，老了以后又嫌我们不死。

但如今我在利用这样的指控。人们把我认作女巫对我有好处。这样他们就会怕我，就不会打我、推我。你明白吗？我的力量来自谎言。这一切都有它自己的道理：我的生命是逆行的路，是回流入河的海。是的，我曾是我父亲的女人。听好了，我没有和他睡觉，是他睡了我。

我必须在这段回忆里停留一会儿。抱歉，警探先生，但我得回忆我父亲。为什么？因为杀了混血儿伊瑟兰西奥的人就是我。惊讶吗？那我现在就告诉您，这个混蛋带着我父亲的鬼魂。我必须杀了他，因为他不过是行使我亡父意志的手臂。就是因为这个，要谈瓦斯托·伊瑟兰西奥——愿他得救——我就得先谈谈我的父亲。我可以在他和过去的时间上面耽搁一会儿吗？我向您请求，是因为您早在我开口之前就发出了命令。我不想浪费您的时间，但假如我不下降到回忆之中，您就什么也听不明白。

我父亲中了邪。他只要一准备做爱就会失明，只要一碰到女人的身体就会看不见东西。疲于应对的父亲去看了巫师。他担忧的不仅是暂时的失明，他还感到自己在大大的世界里被挤压和限制了。就这样，他决定把自己的命运摊放在尼亚姆索罗[①]的席子上。尼亚姆索罗保证说他会获得财富，还进一步对我的老父亲承诺，说是如果想要安享富裕，就带上自己的大女儿，也就是我，和她亲热。从父亲变为丈夫，从亲人变为情人，就是如此。

——亲热？

我父亲问道。

——没错，就是和她亲热。

尼亚姆索罗回答。

——但如果她不接受我呢？

——等她喝了我给你的药，就会接受的。

——这药不危险吗？

——这药会让嘴远离心。你女儿会接受的。

——如果不呢？

——如果不……最好别想这个，因为这样的话，你就会死。

我的老父亲生生咽下这话："会死？"他惊呆了，虽说依然有些怀疑，但又能做些什么呢？就这样吧，可以接受。于是他回了家，为他开门的正是我这个命定的女儿。那一

---

① 尼亚姆索罗：占卜师，算命先生。

刻，逆着晞白弗①的光，您知道他看见什么了吗？他看见了我，完完全全，就好像我是赤裸的一样。

——阿莫，你没穿衣服？

我只能笑笑。没穿衣服？我拽了拽卡普拉纳，让他看看这衣服。但在尴尬之下，卡普拉纳松开了，我的胸部暴露在外，那个时候我的皮肤还是诱人触摸的。于是他立刻就看不见我了。我的父亲失明了。这也就是说，我，他的大女儿，对他来说已经和任何一个女人一样，是可以欲求的了。他像个盲人一样用手探路，想要扶着门，却碰到了我的肩膀，感觉到了我的颤抖。

——爸，你还好吗？

——只是天太黑了，扶我进去。

第二天，他把尼亚姆索罗准备的药水递给我。我甚至都没有问那是什么。我的眼睛里满是疑问，却只是埋下头。我并没有立刻喝下药水，而是一动不动，就好像猜到了即将发生的事情。

——我可以明天喝吗？

——可以，女儿。你想什么时候喝就什么时候喝。

于是亲热开始了。我父亲其实是我的第一个男人。但我

_____

① 晞白弗：灯。

第九章　阿莫的告白

该坦白一件事：我从未喝下那药水。这么多年来巫师的药葫芦一直在等待我的嘴唇。我的老父亲一直相信我是处在鬼魂的关照之下依照药水的命令行事。然而，我唯一的药水就是我自己。

我就这样作为妻子和女儿活下去，直到我的老父亲去世。他悬挂着，像一只因为脆弱的枝条不再结果而昏过去的蝙蝠。太阳西沉，可怖而忧伤的阴影降临——夜晚。时间流逝，他在黑暗之中摇晃，黑暗在我之中摇晃。人们不让我见他。那时候孩子不能看死人。您知道的，死亡就像赤裸，一旦看到就会想要触碰。我父亲没有留下一张像，没有留下一点儿存在。依照旧例，他所有的东西，包括照片，都和他一起下葬了。

我就这样成了孤儿和寡妇。现在我又老又瘦，黑得和猫头鹰也看不见东西的夜晚一样。这份黑并不来源于种族，而是悲伤。但这一切又有什么呢？每个人都有比人性更大的悲伤。但我有一个秘密，属于我的独一无二的秘密。除了这里的老人，谁也不知道。现在我要把它讲给您，但您不能把它写下来。听好了，每天晚上我都会转化成水，穿越为液体。因此我的床是一个浴缸。其他老人都能为我做证：我一躺下就一个劲儿地出汗，我的肉逐渐表达为汗水。我化为液体，

缅栀子树下的露台

流下。目睹这一切相当痛苦，其他人都被吓走了。从没有人见证过我最后在浴缸里消融为透明。

您不相信？那就来看看吧。就今天晚上，我们聊完之后。害怕吗？别怕。因为天一亮我就会恢复肉身。首先成形的是眼睛，像是游在临时的鱼缸里的鱼。接着组建起的是嘴，脸，其他部分。最后才是手，它们倔强地不愿跨过边界。转化所需的时间越来越长。直到有一天，我的手就成了水。要是不用变回来该多好啊！

事实上，我只有在变成水的时候才会感到幸福。在这种状态下睡觉我就不会做梦了，水没有过去。对河流来说一切都是今天，波浪奔流，却从未流逝。有个女巫是这么祈祷的："你打谁他不会疼呢？"您知道答案吗？

我告诉您吧，我们打水时水不会受伤。当我是水的时候，生活可以击打我。假如我能永远住在这蔓延的液体中就好了，住在入海的河流中，住在无尽的大海里。没有皱纹，没有疼痛，一切都被时间治愈。我多想就这么睡着，不再变回人身啊！但我们先把我的幻想放一放吧。您命我讲的不是这个。您只想知道发生的事情，不是吗？好吧，让我回到这个话题。

那天晚上，我在走去我的浴缸时碰到了睡在露台上的纽

纽索和西地明戈。他们蜷在一起相互取暖。但雾气对老年人
不好。我轻柔地叫醒了他们。纽纽索是首先醒来的。当他发
现老莫劳嵌在他怀里时突然放声大叫，一下子把西地明戈推
到了地上。白人睡眼惺忪地说：

——这是干吗，*纽纽索，你疯了？*

——*我以为你已经没气儿了。*

——*那你就这么推我？*

我理解纽纽索的害怕。这老先生没有多少心力。我们
不能让人在自己怀里断气，在我们身上变冷。死人会抓住
灵魂，把我们和他们一起拖入深渊。在这个收容所里，死去
的人多到我有时都问自己，死人是做什么用的？没错，有这
么多人可以给土地施肥。警探先生，您知道为什么要把死者
堆起来吗？我个人是这么想的：死人的作用是让世界的皮腐
烂，这世界就像是一只有果肉和果核的水果。果皮脱落了才
能让里面的部分出来。我们活人和死人都在挖这果核，果核
里住着惊人的奇迹。抱歉，警探，我偏题说了些有的没的。
现在回到我们的话题，回到我碰见两位老人的那晚。我记得
自己问他们：

——*你们俩就待在这里吗？睡在外面？*

——*哎呀，阿莫，就让我们在这儿吧，今天我们不想和*

缅栀子树下的露台

老人们待在一起……

——我是必须要睡在浴缸里面。要不然我也想待在这儿
了……

看到我走远，两人放松地笑了。和所有其他人一样，
他们也相信我是个女巫。他们以为我咒死了自己的丈夫和孩
子。以为我为了留下丈夫便杀了父亲，为了留下孩子便杀了
丈夫，为了留下孙子便杀了孩子。就让他们这么想吧。

那天晚上，我和两位老人做伴，耽搁了一会儿。我还
看到玛尔塔走来，赤裸地躺在地上。纽纽索和莫劳像孩子一
样交换密语。然后混血所长来了，命令我们三个和他回办公
室。他就是在那里施虐的。我们三个在一条长凳上坐下，纽
纽索立马挨了一下子。

——我派你干什么了，老家伙？

老黑人低着头沉默不语，像是做错了事感到惭愧。瓦斯
托·伊瑟兰西奥抓着他的脸，对他使眼色：

——我不是说了让你把树砍了吗？

——原来是这么回事？！

葡萄牙人惊讶道。

——是这婊子养的让你砍我的树？！

——你也闭嘴！

第九章　阿莫的告白

所长的话很简短，纽纽索当即被判作不服从。我们都知道他接下来会受到什么惩罚。他们会把萨鲁夫·图科叫来施行体罚。我试图平息所长的愤怒。

——*伊瑟兰西奥，别打这些可怜人……*

于是我马上成了他的发泄对象。他叫喊着抽打我的胸部。一下，两下……很多下。他选择打我的胸部，直打到我感觉自己像是从中间裂开了一样。莫劳和纽纽索试图插手，但两个可怜的老人加在一起还凑不出一股力气。我装作无所谓地瘫在地上——这不过是男人在打一个老女人罢了。于是伊瑟兰西奥转向纽纽索，喊道：

——*我派你去砍了那葡萄牙佬的树，你却不干。现在你该知道……*

——*我知道。但我有一个请求，不要叫人来打我。*

然后纽纽索转向葡萄牙老头儿，恳求道：

——*打我吧，求求你！*

——*打你！？你疯了吗？*

——*我不想让黑人打我。*

——*别求我干这个，纽纽索。我不行，我做不到。*

这时候，所长介入了。他带着极度的讽刺问白人：

——*可别说你从没打过黑人。嗯？主人？*

缅栀子树下的露台

他把"主人"两字念得很重。没想到纽纽索也附和伊瑟兰西奥道：

——对，满足我的请求吧，主人。

——我不明白，纽纽索，现在我是"主人"了？

回答这话的是收容所所长。他似乎对这段谈话乐在其中，颐指气使地坐在椅子上，然后傲慢地伸出自己法官般的手指：

——是啊，你们白人从来都是主人。我们黑人呢……

——什么你们黑人？闭嘴吧，你这投机倒把的混账！

白人老头儿激动了。瓦斯托·伊瑟兰西奥的嘴角挤出一个微笑：

——我闭嘴？如果这是主人的命令的话。

——我不是什么主人！

——你是，你是我的主人！

纽纽索坚持道。

——我不是主人，混蛋！别和我说这些混账话！我是多明戈斯·莫劳，他妈的！

葡萄牙人愤怒地走来走去，重复道：

——我是多明戈斯。我是西地明戈，混蛋！

老纽纽索突然挡住了白人的路。他低下头悄声恳求：

第九章　阿莫的告白

——求求你，莫劳，打我吧！

——我做不到！

——不会疼的，我保证。

——疼的会是我，纽纽索。

——求求你，西地明戈。打我吧，我的兄弟。

白人闭上了眼睛，似乎处在落泪的边缘。他缓缓地拿起鞭子，垂着眼，抬起胳膊，但并没能完成判决。因为外面突然起了一场划破天空的风暴，雷电交加。我从没有见过老天发这么大的怒。我从袋子里拿出几枝宽谷拉缇萝①，除了所长，给了老人们一人一枝，让他们拿在手里，这样就能防止胸肺炸裂。然后我命令道：

——都别说话，瓦目岚卜正从天上过呢！

——瓦目岚卜？！

所长问道，声音颤抖着。

——闭嘴，混蛋！

所长急匆匆地出去了，西地明戈·莫劳惊讶不已。他不了解我们的信仰，不知道瓦目岚卜是风暴骤起时在空中蜿蜒

---

① 宽谷拉缇萝：莫桑比克南部语言中的"镰叶天门冬"。莫桑比克的传统，雷暴天的时候，人要在手上拿一枝镰叶天门冬，否则可能会被雷击穿胸膛。

的巨蛇。我们蜷缩着等了一会儿，直到风暴平息，然后便走出房间看着天空。已经不打雷了。但收容所里一片狼藉。屋顶上的镀锌板被击得粉碎。纽纽索说：

——我从好久之前就一直说应该把屋顶涂上颜色……

老人说得有道理。风暴之蛇分不清屋顶波动的闪光和水里的浪花，于是就会从虚空中猛地扎进镀锌板里。

——阿莫，你是个女巫，完全可以给老西地明戈送一条瓦目岚卜啊！

——告诉你一件事，白人，绝对别想着要这样的蛇。它们会帮助主人，但同时也在呼求鲜血。

葡萄牙人甚至连苦笑都做不出来。难以置信一个老人对天气状况能有多么依赖，因天气现象能变得多么脆弱。现在我们每个老人都觉得自己像不堪重负的脚踵。莫劳因云的重量遭受了最多的痛苦。他看着天空说道：

——这天气都看不见圣母。

我的胸脯难以忍受地抽疼着，似乎是在流血。我匆忙与伙伴们分开，走进自己的小屋子躺下。我急需变成水。我一打开门却看到整个浴缸全破了，风暴对它进行了复仇。瓦目岚卜与我对立是为了惩罚我的谎言吗？我崩溃地坐在那里。血水染污了我的衬衣。

第九章　阿莫的告白

在那小小的房间里，我一动不动地看着自己的乳房滴下血水。我再也不能哺育自己的孙辈了，不管他们是由真实还是由血肉构成的。那混血儿罪该万死。现在我要说，瓦斯托·伊瑟兰西奥的命运就是这时定下的。是我给他定下的。这男人的横死出自我的手笔。在我胸前流淌的血也必会从他体内流出。

生命是有两扇门的屋子。有些人进去以后不敢打开第二扇门。他们旋转着，待在屋子里，与时间跳舞。另一些人决定亲手打开后面的门。我那时就是这么做的。我的手扭动衣橱的门栓，我的生命绕着深渊旋转。

呈现在我面前的是我保存了许多年的盒子，里面装着的檀木来自一棵生长在杧果树旁的檀香树。我抽出它的根，张开双腿，缓缓把根插入身体中央，插入我和生命从中互相窥看过的这道缝隙，任凭毒液在内脏中蔓延开来。逐渐失去力量的我踉踉跄跄地回到了我的朋友身旁。

——怎么了，阿莫?

——我来道别。

葡萄牙人露出微笑:

——你能去什么地方呢?

纽纽索也笑了。但随后，他们相信了我的悲伤。

缅栀子树下的露台

——风暴打破了我的浴缸，你们知道吗？

——别和我讲什么水的故事，阿莫。

西地明戈回答道。

我笑了笑。所有人都有自己不信的东西。但白人是多么以自己的无知为傲啊！对这个葡萄牙人来说，事情无非就是面包和土地。有个人能变成水？不可能！肉体只在死亡的时候才会破裂，变成骸骨，并粉碎为无。我甚至连反驳的话都没力气说。我拿起一块沙土，让沙粒滑落。

——今晚，没有了浴缸，我会顺着这些沙子流下。

在我的现实之中，那一晚就是我的最后一晚。我将像雨一般被埋葬，燃烧成千万水滴。突然，葡萄牙人痛苦地抓住我晃了晃：

——你两条腿上都是血，阿莫。怎么回事？

——这是我胸前的血，混血儿打了我。

——你到底干了什么？

黑人老头儿问道。

纽纽索是知道的。他是黑人，所以了解我们做事的方法。他急忙对葡萄牙人解释情况。我这是在自杀。只有一种方法能救我，那就是他们中的一个要和我做爱。

——但这不危险吗？毒液不会传给我们吗？

第九章　阿莫的告白

两位老人沉默地交换着恐惧和焦躁。他们都一言不发，眼睛盯着地面。直到老纽纽索笑着说让白人放轻松，他会处理这件事。而葡萄牙人反对这话。

——但是搞不好会死的，纽纽索。

——想抓着蚂蚱就得弄自己一身土。

——搞清了，纽纽索。要去的人是我！

——想都别想，洋鬼子。是我要去。

于是他们吵了起来。这两人都想要我吗？他们甩出各种理由：其中一个能摆事实，并非空谈，另一个则有着正确的种族。黑人说：

——你要是和女巫睡了，就会死得比卷烟纸还透。

葡萄牙人沉默了一刻，结巴着发不出声，直到话语冲破阻碍倾泻出来：

——我不想说出来，但是……

然后他又沉默了。似乎是失去了勇气。

——说吧，兄弟！

——阿莫以前对我掀开过裙子。我见过她没穿衣服的样子……

我为多明戈斯·莫劳感到可怜。这葡萄牙人没明白我那时为什么对他露出身体。我们的很多秘密莫劳都还不了解。

缅栀子树下的露台

当一个老女人脱掉衣服面对一个男人时，这代表着愤怒和仇恨。西地明戈·莫劳以为是调情，但那时我其实是在表达轻蔑。真可怜，白人老头儿不该被这么对待。但要改正已经太晚了。最好是让莫劳就这么错误地认为吧。

最终，争吵以黑人的胜利宣告结束。纽纽索以求欢的姿态拉住我的手，指着我的小屋问道：

——*我们走？*

我已经忘记了身体暧昧的技巧。纽纽索的话更让我局促不安，我说：

——*这是席子，是只睡一人的席子。一旦睡了两个爱人，席子就接纳了整片土地。你说的是漂亮话，纽纽索。但除了说，你还能做漂亮事吗？*

老纽纽索说：

——*看看纳维亚·卡埃塔诺。他是老人还是孩子？我是说，小阿莫，你没见过混血儿吗？嗯？人可以在种族上混血，也可以在年龄上混血。你是老妇，也是女孩儿，是我的小女孩儿。*

他对着我的耳朵吹着气说了这些话，说服了我投身疯狂。我还处于如花的年龄。我本就知道的，老年没有给我们任何智慧，只是授予了我们另外的疯狂。我的疯狂就是相信纽纽索，相信我是最美丽的、最女人的。我们走向前去，身上已经没有了衣物的束缚。突然，他停了下来。

——*我害怕。*

——*害怕?*

——*我一直都害怕。*

——*如果我摸摸你呢?*

我这么说了，也这么做了。我的手在他脆弱的部分漫游。他微笑着回答说不必这样。

——*没用的，就像给钉子擦铁锈一样。*

我们都笑了。生活是最大的劫匪，我们只在受到惊吓和袭击的时候才意识到自己的存在。纽纽索正把心捧在手里要播撒，就在这时瓦斯托·伊瑟兰西奥出现了。他没有敲门就走了进来，站在原地盯着我们看，嘴角挂着笑。

——*看看，我们这儿出了一对恩爱夫妇啊!*

他连推带踢地驱赶着纽纽索，命令说:

——*滚出去，混蛋!*

纽纽索出去了。瓦斯托模仿求偶的公鸡对我求欢，把我当成动物羞辱。我假装顺他的意，装作是接受了这混血儿的调情。然后用双手让他的肩膀感到困倦，让他的动作缓和下来。

缅栀子树下的露台

——我有一瓶特别的烈酒……

这正是他想要的。我把杯子斟满。伊瑟兰西奥喝了又喝，直到一阵晕眩把他放倒在地。所长说着胡话。我覆在他身上，就这样赤裸又潮湿地和他的身体吻合，对他凹陷下去。伊瑟兰西奥把我网在双臂之间，亲吻里蒸发出热腾腾的酒气，嘴里蹦出错误的名字：

——玛尔塔！蒂娜……我的厄尔内斯蒂娜！

他在我体内完成了自己的雄性服务，结束时发出一声动物的嗥叫。我从他身上离开，急着去清洗自己，就好像他留在我里面的液体比之前的毒液还要令我不适。我在镜子里又看到自己的胸前染着血。在清洗的时候，混血儿低吼着要再来些酒。

我回到房里，又为他斟满酒，并在杯壁上留下一丝血迹。所长没有发现玻璃上的红色指印。他一口气喝下了毒液，拍着肚皮命令道：

——再倒一杯，老女人！

杯子掉落在地，摔成碎片。瓦斯托·伊瑟兰西奥的身体则沉甸甸地倒在了数不清的玻璃碎片上。

第十章
生者中的第五日

第十章　生者中的第五日

这一整天，伊泽迪内不管走到哪里，女巫的形象都像老鼠一样骚扰着他的理智。她极度的消瘦令他印象深刻。别人说阿莫只吃盐。她把海水倒在岩石的凹陷处，让水风干，然后舔舐这些凹槽的底部。

这是个潮湿的清晨，因为前一夜下了整晚的雨。云层正是在伊泽迪内听女巫讲述的时候敞开的。单纯的巧合吗？警察在庭院里漫无目的地走着，直到被老人们的叫声吸引，便靠了过去。他们正绕着缅栀子树转圈。纳维亚·卡埃塔诺爬上树干捕捉小毛毛虫，然后递给其他老人。一年中的这个时候，只要下雨，树干上就会爬满虫子，也就是玛图玛纳。老人们吃这种虫子。连伊泽迪内都知道。护士走到他身边观看捕虫。警察得意地显露出他也知道这种习俗。

——不是同一种虫子。

她纠正道。

——就算不是同一种，也很相似。

119

缅栀子树下的露台

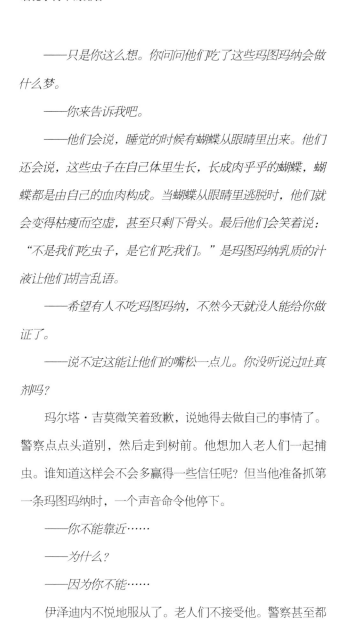

——只是你这么想。你问问他们吃了这些玛图玛纳会做什么梦。

——你来告诉我吧。

——他们会说，睡觉的时候有蝴蝶从眼睛里出来。他们还会说，这些虫子在自己体里生长，长成肉乎乎的蝴蝶，蝴蝶都是由自己的血肉构成。当蝴蝶从眼睛里逃脱时，他们就会变得枯瘦而空虚，甚至只剩下骨头。最后他们会笑着说："不是我们吃虫子，是它们吃我们。"是玛图玛纳乳质的汁液让他们胡言乱语。

——希望有人不吃玛图玛纳，不然今天就没人能给你做证了。

——说不定这能让他们的嘴松一点儿。你没听说过吐真剂吗？

玛尔塔·吉莫微笑着致歉，说她得去做自己的事情了。警察点点头道别，然后走到树前。他想加入老人们一起捕虫。谁知道这样会不会多赢得一些信任呢？但当他准备抓第一条玛图玛纳时，一个声音命令他停下。

——你不能靠近……

——为什么？

——因为你不能……

伊泽迪内不悦地服从了。老人们不接受他。警察甚至都不能靠近他们，那还怎么期待他能对他敞开胸怀、讲出真相呢？这一点虽显而易见，但还是让警察有些低落。他把自己关在房间里，与世隔绝。直到纽纽索傍晚时来找他。纽纽索敲了敲门，在获得准许之前就径自进门坐下。

——我们不信任你，警探。

——但这是为什么？就因为我是警察？

纽纽索耸耸肩，说了些模糊的话，全都暧昧不清。他说收容所里在发生一些事，对于寻找真相的人来说国家已经变成了危险之地。除此还有别的理由，他们这些老人已经斟酌过了。

——你们是不是觉得我并非善人？

——你不善也不恶，只是不存在。

——我怎么不存在？

——你行过割礼^①了吗？

警探没法回答。他惊住了。是割礼的问题吗？还是说这只是托词，是老人们又在向他扔沙土，要迷住他的眼？无论如何，他都该知道怎么绕过这意料之外的障碍。于是伊泽迪内准备好接受仪式。

——你们要对我行割礼吗？

老人笑了。伊泽迪内的年龄虽已经太大，但仪式还是要

---

① 割礼：非洲一种习俗和宗教仪式，其中男性割礼是割去阴茎上的包皮。

办的。这是进入家庭，也就是进入成年人部落的条件。如果他愿意，仪式当晚就能办。伊泽迪内接受了。看到时间如沙粒般从自己指缝间溜走，警察感到绝望，于是便一锤定音地同意了。纽纽索则出门通知其他人做仪式的准备。

过了几个小时，纽纽索、莫劳和纳维亚敲门进来，他们让警察脱掉衣服。

——*你们这是要对我动刀子吗？*

伊泽迪内担忧地问道。

——*坐在中间这儿。*

纽纽索挑了一件玛尔塔的衣服。他们扶住警察的腰，把裙子从脖子上套下来。警察难以置信地看着自己被穿上女人的衣服。

——*在欢庆的时候你要装成是女人。*

于是他们开始唱歌、打鼓、跳舞。纽纽索教唆伊泽迪内以女人的方式唱歌跳舞。伊泽迪内尽了自己最大的努力。老人们笑得够呛。然后他们便出去了，警察陪他们走到院子里。疲惫的伊泽迪内躺在路上，感受着傍晚的清凉。他合上眼睛，马上却又睁开。一阵脚步声惊醒了他。原来是玛尔塔。她站在原地好奇地看着警察的衣着。伊泽迪内坐起身，用手搓了搓脸，搓掉羞耻，然后讲了刚才的事。玛尔塔放声大笑。

——*他们是拿你开玩笑呢。还拿了我的裙子。*

——抱歉，玛尔塔。

——和我来吧。夜晚这么美丽，就适合两个女人一起散步。

他们走到缅栀子树前。玛尔塔指着海滩上紧邻大海燃起的光亮说。

——是火把。老人们点燃火把是为了抓龙虾。

那些光亮在浪花上漂浮着，它们的光辉把泡沫映得发红。玛尔塔似乎来了诗兴。她说光比水更轻，反射出的光芒漂浮着，像月亮鱼①，像火焰藻②。

——这些老人的回忆也是如此，漂浮着，比时间还轻。

警探注意到裙子里有异物，便掏出那鼓鼓的物什给护士看：又一片鳞。

——你知道这是什么吗？

——这个呀，亲爱的警探……

——叫我伊泽迪内。

——这个呀，伊泽迪内，是穿山甲，也就是哈拉卡乌玛的鳞片……

——啊，我知道。就是从云里下来宣告未来事件的穿山甲。

---

① 月亮鱼：翻车鱼。

② 火焰藻：可能是指红藻。

缅栀子树下的露台

——*看来你还没忘记传统。那我们就来看看你有没有忘记别的事情……*

她的手拂过他的脸，又下降到胸口进行爱抚。这是在解他的裙子吗？她的动作邀请他靠得再近一些，就像是要交付一个秘密。她把嘴唇贴在他的耳朵上，并非要说出什么词语，而是在模仿贝壳里的大海。然后，她拉着他躺下。

——*老人们不会看见我们吗？*

玛尔塔笑了，她翻过身，让他覆在她的身上。伊泽迪内把手放在她身下，想要保护她。但她不需要这份迁就。

——*好好用用你的手，我躺得挺软和的。*

警察以前经历过这样的甜蜜吗？我，附身于这位情郎的艾尔莫林杜·穆坎噶，突然看到自己从这些视像中流出。其实我对玛尔塔·吉莫动了情，但"寄宿者"不能卷入生者的事务，因此我任凭自己落入虚空，抹消自己在世界中的存在。一切都变得漆黑。我再一次看见伊泽迪内时他站起身，离开了护士。警察伸开双臂调整裙子，看了看远处的海滩；海滩上已经没有火把了。

——*老人们已经不在海滩上了。*

——*确实。他们现在在那里。*

玛尔塔指着天上的星星。警察沉迷于高空闪闪发光的星

第十章 生者中的第五日

辰之中，想象着它们是老人手中的火把。他在这片寂静之中变得懒散，直到她发问：

——你知道我最恨那混血儿什么吗？

——恨谁？

——伊瑟兰西奥。

——恨他什么？

——萨鲁夫·图科死的时候，我们求他把遗体送去马普托下葬。那混血儿又拒绝了。

玛尔塔看着直升机走了又来，来了又走。运来箱子，空着回去。她求了很多次，想让直升机带走病人。但伊瑟兰西奥总是拒绝。

——其实他们是害怕。

——害怕？害怕什么？

——怕我们对外界揭露他们……

警探突然感兴趣了。或许是过分感兴趣。他点亮提灯照亮玛尔塔的脸。伊泽迪内想知道"他们"是谁，要揭露的又是什么。护士躲开了光源。

——你永远也不会明白的。这里发生的是国家政变。

——国家政变？

——对，这才是你该关心的，警察先生。

125

缅栀子树下的露台

——但在这么一座堡垒里，发生政变？

伊泽迪内惊愕地笑了。

——我直说吧，玛尔塔……

——不光是在这座堡垒里，是在整个国家。没错，这是一场对抗过去的政变。

玛尔塔又是在和他对着干。这次警察避免了争吵。就让她说吧。她也确实说了：

——必须要保留这份过去，不然国家就没有了地面。

——我什么都接受，玛尔塔。我只想知道是谁杀了瓦斯托·伊瑟兰西奥。仅此而已。

谈话终止。正当警探准备回到房间时，却被玛尔塔的大笑拦住了。护士看到他套着女人的衣服，却一副严肃高傲的样子，觉得十分有趣。伊泽迪内晃了晃手臂，原地转了一圈，行了个礼。玛尔塔走上前去向他道别，展开一张纸递给他：

——读一读这个。

——这是什么？

——封信。读吧。

——是谁写的信？

——厄尔内斯蒂娜。

第十一章
厄尔内斯蒂娜的信

第十一章 厄尔内斯蒂娜的信

我是厄尔内斯蒂娜，瓦斯托·伊瑟兰西奥的妻子。纠正一下，我是瓦斯托的遗孀。他们要把我带去城里的前一晚，一个个都忙着在堡垒里四处调查，于是我便写下了这些文字。他们永远也不会找到我丈夫的遗体。搜查结束后，他们就会把我一起带走。我会作为无用之人，作为灵魂无能之人前去。他们不会让我做证，甚至也不会问我的感受。我喜欢这样置身局外。谁也不要关注我，就当我是个傻子吧。我自己都不知道写这封信是为了什么，也不知道要写给谁。但我想写，我想战胜包围我的城墙。多年来我活在老人之间，他们只盼着尽快有个好死。死亡不正是没有目的的结束吗？

瓦斯托在谜中死去，甚至都没有下葬。这样也好，为我省去了葬礼的虚伪。这并不是我第一次与死亡的路径相交。我唯一的儿子一出生便死了，之后我再也没有怀上孩子。那场不幸发生的时候，我和瓦斯托正在分居。之前瓦斯托被派去圣尼古拉收容所当所长，而我拒绝了与他同行。我们的关

缅栀子树下的露台

系已经完了，我在接连不断的幻灭中耗尽了自己。但儿子的死让我脆弱无助，于是便决定与瓦斯托和好，过去找他。人们说看着自己孩子死去的女人会瞎掉。如今我明白了，她们并非不再看得到东西，而是不再看得到时间。时间变得不可见，过去便不再刺痛。

战争时期最让我痛苦的是我没有面见的事物，是发生的恐怖！人们告诉我，瓦斯托在战场上表现得毫无道德，他的所作所为与被他称作魔鬼的敌人一模一样。我听着关于屠杀的传言，就好像它们发生在另一个世界，就好像这一切都是梦中的事物。而梦和云朵一样，除了投下的阴影，没有什么属于我们。属于我的是在地面上快速移动的阴影。我一边听着关于我丈夫的闲言碎语，一边哭泣。我吃饭的时候总会哭，饭粒和泪滴在唇间混合，不知道卷入喉咙的是怎样的悲伤。我的生命尝起来像盐。所以我急着要离开海滩——为了永远忘记这海的腥咸。

我一到收容所，便确认了自己丈夫的无良。伊瑟兰西奥拿收容所的补给品做生意。老人们得不到基本的食物，无可救药地消瘦下去。有时我觉得他们会被自己的骨头穿透而死。但瓦斯托对这些苦难毫无感觉。

——你怎么能无动于衷呢？你总是在以人民的名义说话

啊……

——老人们都习惯不吃东西了，现在吃饭对他们还有坏
处呢……

他回答说。

瓦斯托怎么会变成这副样子？一开始我还爱过这个男
人。他的身体就是我的国家。我出于深爱的力量，给他起
了一些只属于我的名字，但我从没有让他知道这些名字。
它们和我在一起，却是连我自己都回避的秘密。我不确定
他懂不懂得好好对待我以柔情造出的装饰。远离瓦斯托的
想法首次出现了。一开始是欺骗。我是一条仅在幻想中离
开源泉的河。

然而瓦斯托的本性随着时间愈发清晰。就像老纳维亚说
的，我们什么也没有发现，是事物自己显露自己。时间为我
带来了这男人真正的面目。求上帝原谅我，我不再爱他了，
而且还转为恨他。那时候我还想为自己的憎恨找个解释。而
如今我已经不需要任何理由去憎恨。

我找到了解释方法：瓦斯托曾服务于战争，他参加过我
不想知道的任务，看到过很多人的死，谁知道他剩下的最后
一丝善意是不是就消失于那些死亡画面之中？奇怪的是，大
多数人被武装冲突迁走。但在瓦斯托身上发生的却正相反，

缅栀子树下的露台

是战争迁入了他的内部，在他的心里避难。

瓦斯托·伊瑟兰西奥是在战争中认识萨鲁夫·图科的，后来他变成了我们的用人。萨鲁夫在殖民时期当过兵。他是个奇怪的男人，心肠却很好。没人能说出他的真实年龄。他看起来不超过五十岁，实际上应该已经超过七十岁了。但他保留了很多青年的痕迹。

萨鲁夫穿着一堆布头，一堆缝得破破烂烂的补丁。他这样穿着是为了重现对年轻时候的回忆。这会让他想起自己做裁缝帮工时收到的第一笔工资。他的老板是个印度人，付给他的工资不是钱，而是剩下的布。只要穿着补丁衣服，萨鲁夫就能穿越回失落在童年的天堂吗？我不知道。有一次我问他，他否认了，还反驳说：

——*山羊脱下皮毛，还能再穿上吗？*

我不知道战场上发生了什么，但萨鲁夫对瓦斯托有着奇怪的忠诚。他成了瓦斯托的左膀右臂。萨鲁夫还负责从直升机上卸货。老人们总想帮他，因为他们好奇箱子里都有什么。但瓦斯托·伊瑟兰西奥一概禁止。只有萨鲁夫可以操作搬运货物。他独自把货物背到上了七重锁的仓库里。这仓库其实是堡垒的旧礼拜堂，现在比以往还要更神圣。重重禁令环绕着已经变成了货物储存地的礼拜堂，除了瓦斯托·伊瑟

第十一章　厄尔内斯蒂娜的信

兰西奥或是拿到准许的萨鲁夫·图科，谁也不能进去。这对我来说很好理解，我丈夫不想让人知道食物、衣袍和肥皂的真实数量。手不能碰的东西，瓦斯托也不让眼睛翻看。

萨鲁夫在我们家里管家务事。我喜欢和他一起生活。他巨人般的身体里藏着温柔的灵魂。萨鲁夫很信任我。他的话里总有这么一处不满，他对被收容者的生存条件感到难过。他还说农村的老人也活得比在这里幸福很多，家人会保护他们、倾听他们、尊重他们，老人对严肃事务有最终话语权。萨鲁夫回忆着曾经以往，脸庞变得稚气。在话语结束时，他把自己关入忧伤的怀念中。

有一天，萨鲁夫·图科和我坦白说他决定逃跑。我很是难过。我将失去的不仅是一个用人，还是一个朋友。但他已经决定了，还求我和瓦斯托什么也不要说。我虽然难受，却还是保证会帮他。

——*但你要怎么走过雷区呢？*

——*我是军人，我了解战争的秘密，也知道怎么布雷和排雷。*

他计划带走所有受够了收容所的老人，而且已经私下联系过他们了。几乎所有人都愿意参与逃跑，只有五六个人拒绝。他们是害怕冒险吗？还是说已经被死亡教导得听

缅栀子树下的露台

天由命了？

　　计划中的逃跑时间愈是接近，我就愈发焦躁。萨鲁夫的胡思乱想可能会把很多老人拽进死亡。我叫来萨鲁夫，请求道：

　　——萨鲁夫，别这样毫无准备地出发。

　　——那我该做什么呢，夫人？

　　——我在想，你该问问阿莫，她可以为你们的旅程祝福。

　　——夫人，您作为混血儿，灵魂又是那么接近葡萄牙人，您相信这些事吗？

　　——我相信，萨鲁夫。

　　萨鲁夫接受了，也许他这么做只是为了让我高兴。当天下午，他就去问了老女巫。我不知道他们互相约定了什么。但那天晚上阿莫出现在我家里，她握着我的双手求我，让我惊讶不已：

　　——厄尔内斯蒂娜，别让他走。我……我不是真的女巫。

　　——你不是吗？

　　——从来就不是。我什么法力也没有，厄尔内斯蒂娜。

　　她的身体似乎是在请求安慰，但声音里没有透出哪怕一丝脆弱。无论如何，我又鼓励她说：

　　——你是有法力的，我知道。

第十一章　厄尔内斯蒂娜的信

——你怎么知道呢？

——这种事同为女人是能看到的。

阿莫摇了摇头，我不知道她是在否认我的话，还是在否认自己伪造的过去。当逃跑小队做最后的准备时，我看到阿莫在祈祷，她低声祈求道：

——别走，萨鲁夫！基督在上，我求你别走！

但萨鲁夫和其他老人非走不可。他先等着夜晚到来。是女巫要求他这么做的。她和他说，行路者绝不能在黄昏时出发。萨鲁夫走在小队前面，用手杖示意了一下，就被吞没在夜色之中。人们都以一声奇怪的"哦呜"和收容所告别。后来我才知道，他们是在模仿猫头鹰的叫声，而这声音是为了给瓦斯托·伊瑟兰西奥带去厄运。

我整晚都醒着，焦躁不已。时时刻刻都害怕会听到爆炸声。如果有老人踩到地雷上，爆炸声会就在草原上回响。这一切不可能在不知不觉中发生。我听得十分专注，甚至都没有注意到瓦斯托不在家。天快亮的时候，他蹑手蹑脚地回来了，吓了我一跳。瓦斯托看到我坐在露台上时也惊愕不已。

——蒂娜？！你在这儿干什么呢？

——没干什么。我在里面待着不困。

——我……我是去看……

缅栀子树下的露台

——算了，瓦斯托，别说了。我什么都没问。

终于，这一晚过去了，无事发生。老人们走过了雷区。我独自待在房间里，什么也不操心，谁也不关心。玛尔塔还来看过我寥寥几次，但我没话可说。她沉默地拉着我的胳膊。我们对视着，像是在凝视无底的海洋。

然而，过了两个月，萨鲁夫·图科回来了。他神色悲伤，衣衫褴褛。他到了收容所便住下，和谁都没有说话。他走到充作自己房间的储藏室，重新捡起日常工作，就像什么也没有发生一样。我问他发生了什么事，他不回答，假装有事在忙，直到晚上才坐下说话。萨鲁夫非常受伤。外面的世界变了，现在谁也不尊重老人。收容所外面和里面一个样，其他收容所的情况比圣尼古拉还要糟糕。家人和士兵从外面进来偷抢食物。曾经老人都急切地渴望陪伴，现在却不想接待访客。

——我们遭受了战争，却还将遭受和平。

萨鲁夫解释说，全世界的家人都为住在养老院里的人带去回忆，以此抚慰他们。但在我们的土地上事情正相反，家人拜访老人是为了偷物资。贪财的除了家人，还有士兵和新任领导。他们一个个都来拿走老人的食物、肥皂和衣服。有些国际组织出钱进行社会救济，但这些钱从来就到不了老人手里。所有人都变成了羔羊。就像俗话说的——羔羊拴在哪儿，就在哪儿吃草。

萨鲁夫给收容所的朋友讲这些事的时候，他们都不愿意相信，说这是萨鲁夫编的故事，是为了让他们放弃离开。萨鲁夫回答说：

——你们都是橙子皮，上面一点儿果肉也不剩了。我们土地上的主人已经榨干了所有。现在他们是在榨果皮，看看还出不出果汁。

然后萨鲁夫便不再提起这个话题。他拒绝回忆那两个月里在圣尼古拉外面发生的事。但我知道，萨鲁夫是靠着一条谎言在侄子家勉强为计。为了让年轻人照顾他，他说自己有财产，以谎言交换家里的一个角落。受够了那个世界之后，他决定回到圣尼古拉。

——我宁愿被伊瑟兰西奥践踏。

然后他试探着补充说：

——为了之后能被夫人您安抚。

——那现在呢，萨鲁夫，你要做什么？

我本该这么问，却选择了保持沉默。为什么要让他难受呢？萨鲁夫似乎是猜到了我的疑惑。他站起来说：

缅栀子树下的露台

——我当过兵，您知道我现在要做什么吗？

他向我展示了一份难以置信的计划，他要把堡垒附近的地雷种回去。从路上被挖出的地雷，他要把它们都种回去。

——他们在挖地雷，而我要开始种地雷。

我感到难以自控。这一切在我看来都远远超过了现实，我甚至都不知道该问什么。他要怎么补给炸药呢？

——我带了炸药，是偷来的。谁也没看到我。他们在那边挖地雷，我就在这边又给它种进去。

——但是你，萨鲁夫……

——这样它才算是货真价实的堡垒！

——你疯了吗，萨鲁夫？

——不，夫人。疯的是他们。

——但这是为什么呢？为什么要种地雷，萨鲁夫？

——我看到那个世界了。我不想让任何人来这里打扰我们。

——但这地方……有谁会来？

——他们肯定会来的，蒂娜夫人。等城里的草吃完了，他们肯定会来的。

我很清楚萨鲁夫在说什么。我在城里待过，也见识过新富者的贪婪。现在一切都被允许，所有的投机倒把，所有的

第十一章　厄尔内斯蒂娜的信

背信弃义。一切都变成了草，都是可以吃的东西，它们被咀嚼，然后在日渐丰满的肚皮里被消化。而这一切都发生在令人心痛的苦难旁边。

　　萨鲁夫·图科想封闭通向未来的路。他并不停留在想法层面，而是全身心地投入这项奇怪的使命。他和瓦斯托·伊瑟兰西奥说自己要去附近采些青草，是给阿莫的讷卡卡纳草。瓦斯托似乎信了，又或者是装的。因为那是致命的游戏。某一天老人可能就会被炸成碎片，飞到空中。当我丈夫假意劝告萨鲁夫的时候，他就挥一挥自己的大手说：

　　——我对地雷有免疫，主人。别忘了我以前是个纳帕拉玛[1]。

　　每个黎明，当太阳还没有注视大地的时候，他就拿着一个袋子和一柄锄头出去了。

　　——我要播种，如果我们什么都不种，大地会生气的。当人抛弃田地时，田地会变得苦涩。

　　瓦斯托·伊瑟兰西奥把手插在兜里，看着用人走远，似乎觉得有趣。萨鲁夫又转过身坚持说：

　　——是真的，我的主人，这份苦难是大地的复仇。

---

[1]　纳帕拉玛：即只使用弓箭的传统战士。据说他们受到巫师的保护，不受子弹的伤害。

缅栀子树下的露台

一天早上，我被瓦斯托的声音吵醒。这时天还半明半暗。我的亡夫正在储物室里训斥萨鲁夫。我起身去看，打断了他的愤怒。

——*怎么了，瓦斯托？*

——*这婊子养的开了仓库！*

然后他命令我离开。之后的场景不是女人能看的。确实如此。瓦斯托无视我的存在，抓着老人的破衣服让他说说都偷了些什么。萨鲁夫连回答的时间都没有，瓦斯托就用尽全力，一拳打上他的嘴。萨鲁夫倒在地上。一阵踢打像雨点一样落在他的身上，萨鲁夫的身体在击打的指令下弹跳着。瓦斯托失控了。我尖叫着求他放过这个男人。最终，他停下了殴打，脸色通红，话都说不利索：

——*我这就去看看你都拿了什么。可怜啊，你这婊子养的！*

萨鲁夫·图科没有立刻死去。伊瑟兰西奥把他扔下的时候，他还躺在地上呼吸，但身体已经不能动了。他请我把其他老人叫来。我跑着出去。当老人们都围在萨鲁夫身旁时，萨鲁夫的请求让他们惊愕不已。

——*把我绑在风车上吧！*

人们因迷惑而犹豫，却服从了。萨鲁夫总在说风车磨坊。他的眼睛一拜访旋转的叶片，就会在这旋转中沉醉。他说，那架小风车是纯手工制造的。老人们完全有理由逃跑，但他们接受了萨鲁夫的请求，要把他带去风车上。他们扛着一个重重的活人爬上风车的台阶，我都不知道这是怎么做到的。他们把萨鲁夫绑在风车叶片上，四肢张开，和他想要的一样——接近天空，等着风来。颇有段日子，我们的天空里连微风都不来光顾。

但或许是魔法，或许是碰巧，总之风不偏不倚就在那一刻刮了起来，磨坊的风车开始转动。老人也跟着叶片一起转动，变成了钟表的指针。我们在下面痛苦地看着好似骑在旋转木马上的萨鲁夫·图科。他似乎玩得很开心，头冲下的时候甚至会放声大笑。过了一会儿，他不说话了，眼睛睁得大大的。我觉得他是晕了过去。突然，风停了。萨鲁夫一动不动，像是一面旗帜。他无比渴望的天空似乎进入了他的双眼。这时瓦斯托·伊瑟兰西奥出现了。他从仓库走过来，比野兽还要凶残，喘气时喷着口水和白沫。他一看见萨鲁夫挂在风车上，眼里简直喷出了火。我们不明白绑在高处的萨鲁夫为什么会让他如此暴怒。瓦斯托吼叫着命令把萨鲁夫解绑，然后带下来。

他们照做了。萨鲁夫被放在地上时已经没有了生命迹

象。伊瑟兰西奥大失所望，但还是对着尸体一通施虐，然后
咒骂着走远了。我犹豫了一下要不要和他一起走，但我更忠
于萨鲁夫，于是便加入了围在逝者身旁的老人。我的恐惧垂
落在他的上面。然后我注意到死者正以一种奇怪的方式凝视
着我们。就好像他的身体全部死亡了，但除了目光。就是这
样，他的眼睛还活着。老人们难以置信地窥看着。纽纽索是
唯一一个不觉得奇怪的：

——难道就没有眼睛死了的活人吗？

纽纽索提到盲人。按他的话说，死人有活人眼睛也正
常。我把话题引开了。这里还有更紧急的事要做。

——我们把他怎么办呢？

老人们犹豫着，不知道该给死者一个什么样的结局。因
为从萨鲁夫身上解下的还有对死灰复燃的怀疑。谁能确定他
是不是走到终结了呢？于是人们不停地对他做动作、说话、
讲笑话，最后才把他带去远处下葬。我一动不动地待在原
地，如同被大地召唤。在一段时间里我还听得到萨鲁夫的笑
声，像是从时间那里传来的回音。

后来人们和我说，在埋葬萨鲁夫的地方，地下深处会传
来苍蝇的嗡嗡声。是的，这些苍蝇应该是和萨鲁夫一起下到
墓穴里的。从那里经过的人都能听到虫子在地下嗡嗡作响。

第十一章　厄尔内斯蒂娜的信

还有人说这是萨鲁夫·图科在他最终的床榻上打呼噜。

好了，我已经听到来接我的人的声音了。我要关闭这些文字，把自己也关在里面。这是我最后的信。此前我已把自己的声音倾入寂静，现在则要让双手也沉默。如果有奇事在等待我们，话语才有必要。它们也并非为了让我们痛苦，就像我对瓦斯托的爱一样。但现在的我已经没有了感情能力。我一直在向堡垒学习，连自己也无法将自己穿透。写了这么多行，我终于知道要把这封信留给谁了。我要把它留给玛尔塔·吉莫。她是最后一个倾听我的人。就让我在她的眼里向最后的文字告别吧。现在，我要去做梦。

蒂娜

第十二章
返回天空

这一晚，穿山甲在伊泽迪内睡觉的时候呼唤我。我从寄主体内突然被驱逐出去，回到了孤独幽深的属于死者的地盘。我花了点儿时间转换视野。然后穿山甲便出现了。这小畜牲卷成一团，似乎是在睡觉。

——我，睡觉？我起得比天还早呢！

穿山甲展开身体，毫无预兆地向我抛出一句：

——接受吧，艾尔莫林杜。这一切都太危险了。

穿山甲想说服我回到自己的洞穴，不再离开。我应该抛下生者的世界，允许人们把我提名为英雄。

——你就当个英雄吧，这样他们每年才烦你一次。在生者中间过活只会给我招来诅咒。水羚死于想搞清自己看到的是什么。放下吧，艾尔莫林杜，接受你的墓穴。就让他们把你擢升成英雄吧。就算是谎言，对你又有什么害处呢？你就学学豪猪。给豪猪安宁的不是它的刺吗？这小畜牲会被自己的刺扎着吗？

缅栀子树下的露台

我坐在自己的墓穴上，抄起旧锤头，用它砸地。不，我不能现在回去。生者的世界危险？但我已经品尝过这份幻象了。此外，在伊泽迪内体内的朝圣之旅，我马上就要到达终点了。这警察不是注定要死吗？他的日子不是没剩多少了吗？

还有一件事我没法向穿山甲坦白，那就是女人的存在和蹭过我时所带来的快乐。玛尔塔·吉莫为我带来了一丝幻想，就像是回到了自己爱上一个风流女人的曾经。在墓穴里我接触不到回忆，也丧失了做梦的功能。如今我住在活人的身体里，便想起了一切，拥有全部的记忆，就像是活在往返旅途的返程中。

比如说，我记得切割木头的声音，就好像我在堡垒工作的那段日子如今还在延续。我活着的时候早早就开始干木匠活儿，把木头变成木板，把门窗造得方方正正。有一天——我还记得那一天——好几个人跑到我跟前，推着我的肩膀，神色不善地问道：

——你造些惩罚自己兄弟的东西，不觉得羞吗？

兄弟？他们所说的"兄弟"和我没有血缘关系。他们是革命者，是和葡萄牙统治作战的战士。而我没有参与这些对抗的意志和勇气。我一直上的都是天主教学校。这铸就了我的行事方法，也调校了我的希望和期待。我接受的不是母语教育，便永远背负着思想和话语对不上号的重担。然后我学着只向世界索要自己干瘦的命运。我收到的唯一遗产是贫穷。他们给我的唯一礼物是恐惧。就让我依从吧。

然而其他雇工对我强加要求。比如说，他们只是假装工作，事实上是在创造困难和阻碍。只有我认真对待修监狱的工程。于是他们指控我，说我干的是叛徒的工作，说我是处决正义人士的刽子手。我当着他们的面笑说，看看耶稣的例子吧。有谁记得造出十字架的木匠？有谁归罪于他？把主的手腕钉住的那只手才有罪。

——把你的锤头停了，要不然我们就锤你的脑袋。

说这话的人真会这么做吗？我保持沉默，看着这些乡下佬，觉得他们就像蜘蛛一样。像一群巨大的蜘蛛，死了以后都缩成小小一丁点儿。我轻蔑地笑了。

他们中的一个威胁我说：

——叛徒都会付出代价。至于你，他们会吼叫着把你烧死的。

我回到茅屋。和往常一样，把自己关在完全的黑暗中。我的房间里没有布料。门和窗帘都是木质的，一缕阳光都没法穿透。那一晚，我难以自持。我的双眼为了采集古老的悲伤而延伸。沾满悲伤的睫毛淹没了我。我到底是为什么而哭呢？

第二天早上，我去找工长。他的妻子接待了我，让我等着，说丈夫还在吃早饭。但我实在是急得不行，就直冲进客厅。工长听了我的请求，迷惑不已：

——头儿，我不想再在堡垒里干活儿了。

我现编了一个破破烂烂的借口，说是锯末进了我的胸腔。我就和把肺朝天敞着的矿工似的，咳嗽咳得比呼吸还多。工长接受了。他把我调去海滩上干活儿。当时他们正在靠着岩石的地方修一座栈桥。不久的未来，满载囚犯的船只就会从水路到达。只有突破岩石的障碍才能把船靠岸。一天又一天，我拼接着木板，把土地的支撑延伸出去。放工的钟声响了，人群四散。只有我任由自己望着大海——这片明亮的露台。在那里，我因这样的幻觉感到舒适：我的生命里什么都没有丢失。一切都是波浪，是曲折的波浪。

奇怪而甜美的拜访就是从那时开始的。第一次我差点儿被吓死。当时我已经睡着了，却感觉有只手在碰我。这是在攻击我，想要我的命吗？不，这位闯入者甜蜜地爱抚着我。我感受到她的呼吸让空气也紧张了起来。她的嘴唇拨弄着我的皮肤，像是在拼读我的轮廓，然后轻咬着我的脖子。

我猜不出来这是谁。她并不把脸显出来让人辨认。然后，这人影在我之中降下，用胳膊环绕我的胸膛，紧贴我的背部，我感觉到她的圆润贴合着我——胸脯、肚子、屁股。这世上再没什么东西比女人的屁股更圆润了。她的身体变成了我的秋千，我的水渠，我的栈桥。我这匿名的情人开始频繁地来访。在数不清的夜晚之后，我对来访者已经食髓知味。

之后的几天我沉迷于一件事里：猜测这夜访者会是谁。有一段时间，我确信她是工长的妻子。不只是因为她们身材相似，主要是因为工长紧张的态度。工长对这些风流韵事起疑了吗？我从未能得知。

有一次，工长的妻子把我拦下，说我气色不好。是干活儿干得太多了吗？还是在激情活动里消耗了？女人狡猾地笑着。我结巴着说不出话。她安抚我说：

——别担心，艾尔莫林杜·穆坎噶，男人们爱的总是虚幻，追求的总是女人的幻影。

那一晚，我焦急地等待着访客的到来。现在我知道她的身份了。我感觉她进了茅屋，融入黑暗之中。她的手一碰到我，颤抖就如闪电般让我起了一身鸡皮疙瘩。我知道接下来会发生什么，于是便献上我的脖子，等待着嘴唇、牙齿和舌头。但那女人迟迟没有爱抚我。直到我感觉她温热的呼吸逐

缅栀子树下的露台

渐弄湿我的耳朵。这时，牙齿粗暴地咬住了我的肉。最让我惊讶的是我自己的叫喊。不知道别人有没有听见我脱口而出的吼声。因为这最后的访客就是我的刽子手，而我知道得太晚了。

我整个人生中唯一爱过的就是那身材丰满却没有面孔的女人。我也怀疑过，我活着的时候爱上的是不是一只稀薄骨？杀了我的不会也是它吧？现在我自己是只稀薄骨，却爱上了一个实实在在的活人。我爱上了她——玛尔塔·吉莫。护士化身为茅屋中的夜访者，就好像那访客一直都是她，穿着难以蔽体的亚麻布衣服。玛尔塔为我唤醒了这幅闪闪发光令人陶醉的景色。回忆像一只穴居动物，在我的胸膛里挖掘着另一颗心脏。

现在，穿山甲听过了我的告白。它会猜到我略去的部分吗？这小畜牲越发把身体伸展开来。

——你来选，我的兄弟。你想当鼹鼠还是螃蟹？

穿山甲害怕失去我的陪伴。它告诫我说：

——你要小心，艾尔莫林杜，恋爱的心会变大。但爱比胸膛长得更快。你的肋骨够长吗？

我们就这一点进行了讨论。穿山甲想的是谁？它老得舌

152

头比嘴还大。要知道，它自己已经在被魔法折磨了。上次降落在地的时候，它就手足无措地摔掉了不少鳞片。

——*没什么，是光把我晃瞎了。*

我知道哈拉卡乌玛这话的意思。我们还在母亲肚子里的时候就开始学习认识这个世界。在圆圆的肚皮里，我们于出生之前便学习观看。但盲人又是什么呢？是没有时间完成学习的人吗？穿山甲的话我早就背得滚瓜烂熟了，早就觉得索然无味了。

但在我死亡的时间里，在墓穴中，我是从内部瞎掉的。我看不到自己的过去，也失去了回忆。我并非真的没有视觉。但比这更糟。我就像失去了嗅觉的狗。有些事情我们是为了远离自身的动物性而学习。这些学习的代价很大，以至于我们都不记得自己学过它们，其中一例便是牙齿不能用来啃咬。我是从神秘的女访客那里才得知牙齿可以同时充作刀片和丝绒。通过那次啃咬，我在最后一个夜晚习得了死亡最后的课程。

我手中的锤头又重了起来。选择的时候到了：我要返回生命那边，再次遁入伊泽迪内·纳伊塔体内。我已经喜欢上这小伙子了，他品性不错。不管哈拉卡乌玛同不同意，我都决定要返生。

第十三章
玛尔塔的告白

第十三章　玛尔塔的告白

亲爱的伊泽迪内，你寻找的罪犯不是一个人，而是战争。所有的罪恶都来源于战争，是它杀了瓦斯托，是它撕碎了老人们拥有闪光点和容身之处的世界。如今待在这里腐烂的老人们在冲突之前是被爱的，曾有过接纳他们的世界，安置他们的家人。后来，暴力带来了新的道理。老人们被逐出世界，逐出我们自身。

你肯定会问我为什么要把自己捆绑在这片孤独里。我一直以为自己知道怎么回答，现在却怀疑了。暴力是我遁世的最大理由。战争在时间中造出了另一个循环。标记我们生命的已不再是年份或季节。我们已不再是收获、饥饿和洪水。战争引入的是血的循环。我们转而说"在战前""在战后"。战争对死者和生者一概狼吞虎咽。我不想当这暴力的残余。至少在这座堡垒中，老人们努力在我的生活中创造着另一种秩序。他们给我的是梦的循环。他们小小的幻想是我的堡垒里新造的墙。

缅栀子树下的露台

有段时间城市还在试探我，它还试着把我安置到那些团伙里去。但我得了一种没有名字的病，就像是脱离了听、看、呼吸这些最自然的功能。有段时间我觉得自己可以改变这个世界，但如今我放弃了。世界是因自身疾病才存活的机体。它依靠罪恶活着，以无良为食。比如你，警局里的人。你不会自问过上多久就会被贿赂的疾病感染吗？你很清楚我说的是什么——花钱收买的调查、出卖灵魂的警员。他们把你从贩毒调查案里转走，把你从毒品部转走。为什么呢？你很清楚，伊泽迪内。还有，他们为什么要把你送到这远离尘嚣的地方呢？算了，我换个话题吧。毕竟我该聊的是自己。

看到后面那座废弃建筑了吗？它曾经是一座医疗站。我以前就在那儿工作，从城市里接收药品。但我来了以后，没过几周收容所就被攻击了。盗贼团伙进来杀人抢掠，还放火把医疗站烧了。有两个老婆婆死了。人没有全部死光要感谢谁呢？就说出来吓吓你吧，亲爱的伊泽迪内，要感谢的是瓦斯托·伊瑟兰西奥。惊讶吗？提起勇气冲进火里营救病人的确实是瓦斯托。那座建筑只留下了烧焦的墙。

在惨剧之后，尤其当我知道医疗站受到攻击的最大缘由就是我玛尔塔·吉莫之后，我就变得和那片废墟一样。盗贼想把我掳走，带去他们的营地。我花了些时间从那场事故中振作起来。但我从未能完全振作。战争留给我们的创伤是多少时间都愈合不了的。

　　我求伊瑟兰西奥调遣新的补给品，以此在卧室里重建医疗站。那时候我已经不睡在那片屋檐下了。但来来去去的军用直升机没有空闲。它们还有别的要紧事，瓦斯托·伊瑟兰西奥这么回答我。假如我当时能一步一步地重建医疗所，肯定会振奋不少的。

　　没有医疗站和药品，我也就没有了生存的动机。你想象不来医疗站的工作对我而言是多么不可或缺。它是属于我的小小医院，我在那里行善。你应该能理解，我来自伊尼扬巴内①，受的是同化者②教育。我的家人早就丢弃了非洲姓名。我的祖辈都是护士，这份职业能让我靠近自己早已失去的家庭。医疗站的工作并不简单。一开始我几乎要放弃。一走进房间就能闻到什么东西腐烂的味道，我问这味道是从哪来的。老人们指着空空的嘴巴，说那气味是从枕头上传来的，是没了牙的老人晚上流的口水。我信过这话，但后来发现并非如此。那味道来自他们藏在枕头下的剩饭。他们保护着食

---

①　伊尼扬巴内：莫桑比克南部沿海城市，伊尼扬巴内省首府。

②　同化者：葡萄牙语为 assimilado。19世纪初到60年代，葡萄牙殖民者依照自己的标准，把非洲殖民地文明程度较高的部分人民称作"同化者"，这部分人理论上拥有和葡萄牙公民同等的权利。

缅栀子树下的露台

物残渣，怕被偷走。老人们编故事编得太多，有时候甚至会在枕头下面虚构出并不存在的食物。

我要告诉你，你记在本子上的这些故事充满了虚假。这些老人会撒谎。如果你继续对他们表现出兴趣，他们就会撒更多的谎。已经很久没有人重视过他们了。谎言的其中之一是关于萨鲁夫的，他们说他受到家人敬爱，这并非事实。他为了被爱，装作自己有财产。阿莫假装自己是女巫。她假装得太多，以致最终去怀疑自己的能力。我也是以谎言重整旗鼓的。谎言就像是保护我们的皮肤，但我们必须时不时地自我消解。

在我来到收容所之前很久，我曾被送进过再教育营①。人们指控我滥情，像小河一样在男人和酒瓶子上面匍匐流淌，于是他们把我赶进了再教育营。医院里的同事没有一个站出来为我辩护。

今天我要告诉你，警探，生命是一根烟，我只喜欢抽过之后的烟灰。在服刑的营地里，我堕落于性、酒精和注射器，甚至不愿去想未来，我只对当下的时刻感兴趣。飞翔并非源于翅膀。蜂鸟的翅膀那么短小，但它不是飞得最完美的

---

① 　再教育营：莫桑比克独立后设立的对不接受新思想的人进行再教育的地方，后被认为是一个剥夺公民自由、制造恐惧的机构。

第十三章　玛尔塔的告白

一个吗？

　　瓦斯托·伊瑟兰西奥就是在这样的背景下遇见我的。他有权力，便以在收容所做护理工作为条件把我从营地弄了出来。我便来到堡垒。一开始，我对这场流放感到心碎。除了护理工作，便没有其他打发时间的事情，以至于我不再做梦。只有噩梦会拜访我。我那集合梦境材料的器官瘫痪了。我得了不是病的病，遭受着只有上帝才会遭受的疾病。事情是这样发生的：首先失去笑容，然后是梦，最后是词语。这就是悲伤的顺序，绝望就是这样把我们关在潮湿的井里。在厄尔内斯蒂娜身上发生的也是同样的事。稍等，我马上就会说到她。我只想让你明白那时重压在我生命之上的是完全的贫乏。

　　我就是在这样的低落之中爱上了瓦斯托。爱情不是无可救药的药物吗？有一天，他流着泪来找我，吓了我一跳。我擦干他的脸，不知他是否了解这条训令：谁擦干女人的泪水，就会被绑在手帕的结上。

　　我和瓦斯托开始在夜间幽会。一开始，我觉得他虚假得就像海洋那不可触及的蓝色。但一切都掩藏着错综复杂的秘密。我说的是水和海。我能知道什么呢？只有看着另一种蓝色的鸟儿才知道大海真正的颜色。这么说你不明白吗？我是

缅栀子树下的露台

在一个把自己挤压得苦涩又卑微的时候，认识了瓦斯托这个满是忧愁的男人。瓦斯托感觉自己受了背叛。他把生命中最好的年月献给了革命。但这乌托邦还剩下什么呢？一开始不以外表区分我们，随着时间的推移便把肤色问题摆在明面上。瓦斯托是混血儿，这便是他被强行放逐至此的缘由。幻灭的他不愿接受这些。他对自己的根源和种族有情结。那时我还不知道，现在看来却很清楚，我们所有人都是混血儿，只是在一些人身上体现得更外在罢了。然而，瓦斯托·伊瑟兰西奥受到的教育让他没法和自己的肤色好好相处。他经常谈论别人的种族。为了摆明自己不优待白人，他尤其喜欢惩罚可怜的多明戈斯。施行虐待成了他唯一能感受自己存在的方式。

然而我还是爱上了这个男人。我向你坦白，你不要嫉妒。我想要他，对，完整的他，性和天使，男孩和男人。他好看吗？这有什么关系呢，我问自己。谁在乎美丽呢？我只想在男人身上触摸生命。这就是我想要的。我想感到渺小，如天空中的星、荒漠中的沙。不对，这是我以前想要的。那时我看待男人还像是鸟儿看待云朵，一处可以穿过但永不可以居住的地方。但这一切都是曾经的事了，那时我还是个女孩儿，瓦斯托还在对我献出奇怪的爱。他在碰我之前总是先让我哭。我的泪水滑下，他便去吮吸，就好像它是最后的水。比起肉体，我的泪水更是饲喂他的源泉。如今我已经不哭了，便也理解了瓦斯托。我们是通过泪水将自己脱光。泪水会揭露我们最为私密的赤裸。

直到我怀了孕。我的躯体秘密地宣布自己承载着另一具躯体。我不想告诉任何人，便偷偷藏着肚子，让人看不出一点儿鼓起。但令我惊讶的是，厄尔内斯蒂娜有一天来拜访我。她问我：

——*什么时候生？*

我都不知道该怎么回答。厄尔内斯蒂娜捕获的似乎不仅是这条秘密，而是我全部的私密生活。她深深地和我对视，没有一点儿愤恨。只有女人才能这样去看。我已经感觉不到自己的眼睛了，它们盯着厄尔内斯蒂娜的时候有什么用呢？我打开自己，坦诚如一本少年的日记，和她说道：

——*我要拿掉这个孩子。*

——*怎么拿掉？*

——*我是护士，我知道怎么做。*

然后我合上自己，沉默。那时候我又能整理出什么词语呢？所长的妻子对我弯下身，将自己远远置于恶意之外。厄尔内斯蒂娜想惩罚我的轻浮吗？不。她只是跪着，把手掌贴在我的肚皮上。就这样待着，如在梦中。

缅栀子树下的露台

——*这么明显吗?*

我问。

——*在一切发生之前我就注意到了。*

然后，她带着悲伤傻傻地恳求我:

——*把这孩子给我吧。*

厄尔内斯蒂娜抓着我的手。我有好一会儿无法思考。不，不能犹豫，我必须要终止妊娠。我摇摇头，以此表示她的请求绝不可能。厄尔内斯蒂娜庄严地站起身来，似乎是刚刚结束一场宗教集会。我满怀惊讶地看向她。以前我就注意到了她的奇怪之处。她总是几小时几小时地蹲在缅栀子树的阴影下。是在祈祷吗? 是在和上帝说话吗? 又或者只是暂时不去品尝生活的滋味? 很久以前我也会祈祷，还祈祷得很多。之后便放弃了。我们祈祷得那么多，但日子总是比面包更多。

这一次厄尔内斯蒂娜又让我惊讶了。她早就知道我有多不愿意做母亲。她绕着卧室走来走去，似乎是在找什么东西。然后便停在我面前，开始解衬衣的扣子。

——*看!*

她丰满的胸脯挑战着我。她的美丽刺激地展露。她挑逗地爱抚着自己的乳房，双手漫游过胸前，下降到肚皮。手指

第十三章　玛尔塔的告白

和她自身缱绻缠绵。她走到我跟前，小声地对我暗示：

——那孩子会在这里吃奶，在混血女人的胸前。

她就这样衣衫不整地摔上门出去了。在她走后，我一句话也说不出来。人的嘴里确实照不到光，但我是完完全全地身处阴暗。我任由自己在自身的缺席中迟暮。直到瓦斯托·伊瑟兰西奥不知何时现身。他严肃地走来，没有和我打招呼就说：

——我已经知道了。

和厄尔内斯蒂娜相反，他没有对我表现出任何情感。这男人是在逃避，一副阴郁的样子。不管他是在撒谎还是在显摆，现在不都一样吗？露珠是伪造的珍珠吗？瓦斯托直奔主题——必须要尽快把肚子恢复如常。因为他是收容所里唯一有生育功能的男人，怀疑会落到他身上的。对，始作俑者还能是谁呢？而可怜的他甚至会丢掉职位和好处。我难过地挤出一个微笑。瓦斯托进了研钵却还想完好无损。男人就是男人。还是说就没有不流鼻涕的鼻子？当我察觉的时候，泪水已经从脸上滑下。我还想着瓦斯托会靠过来啜饮这泪滴，但他没有。之后我再也没有为他充当过源泉。

那晚阿莫拜访了我。她也已经知道怀孕的事。老妇阿莫带着天使的微笑。

缅栀子树下的露台

——现在我不用假装了，我要有真正的孩子了，一个可以哺育的孩子。

她把臂弯充作摇篮练习哄睡。我的目光变得模糊，蒙了层雾。我的处境，阿莫的话，这一切都让我觉得不真实。

阿莫留了下来，在椅子上渐渐入睡。我打内心没法发号施令，便整理起东西，直到女巫猛然惊醒。她摇摇头，驱赶凶兆。

——别要，别要这孩子！

老妇没说别的，只晃了晃手臂便离开了我的房间。剩下我在房间里，迟暮且沉默，不知道该想些什么。说到底，我该听从谁呢？是只关心自己的瓦斯托，是阿莫和她那酸苦的预感，还是想要给别人孩子当母亲的厄尔内斯蒂娜呢？仔细想想，堡垒里没有分娩的条件。另一方面，我也不想从这里出去。我发现自己已经爱上了这个我曾百般诅咒的地方。出于习惯的遗赠，我习惯了接受命运，从不激怒神灵。迷惑又无力做决定的我任凭自己的肚子发展。

这世界自有它的骗术。瓦斯托不来看我，来的却是厄尔内斯蒂娜。她给我带来自己做的食物和甜点，建议我休息，多依靠别人。就好像那个孩子已经是她的了，就好像我的肚子在她的肚皮里生长。我告诉了她我的疑惑，我还有时间打掉胎儿。她用手捂住脸，痛苦地说：

——别，别这么做。别这么做……

她抓着我的手重复道。我挣脱手臂，捧住她的脸。这女人不停地说着，都没有时间呼吸了。我不得不提高音量：

——但是瓦斯托不想让我怀孕。

——瓦斯托和这件事没关系。你揣着的这个孩子是我的孩子，你是和我做了爱，不是和瓦斯托。明白吗？这是我们的孩子，只属于我们。

她的话吓到了我。我十万火急地要从这对话里解脱出来，便生硬地说：

——瓦斯托是父亲。我得听他的。

她醒悟过来，如同受到当头棒喝。她的头垂到胸前，自身和自身做着斗争，随后她撩起前额的头发，对我说：

——如果这孩子死了，瓦斯托也会死！

我感觉自己被这话的力量震住了。厄尔内斯蒂娜的嘴里不会吐出虚假的承诺。她现在已经不是那个没有骨气的人，相反却有着女王般的气势。她以这般的高傲将手放在我的肩上，安抚我说：

——别担心，把孩子交给我吧。我会把他带去远方，让他好好长大。

缅栀子树下的露台

剩下的几个月里，我全身心投入在渐渐变得浑圆的肚子上。我愈发疯狂，厄尔内斯蒂娜也愈发说着不搭边的傻话。人们开始传说她也要做母亲了。她也同样预先吃些维生素，也为了准备分娩做呼吸训练。她还编织起小衣服来。她指着我，也指着她自己：

——*我们，都是母亲！*

难以置信的事发生了：厄尔内斯蒂娜的肚子也因此圆圆地鼓胀起来。她是真的怀了孕吗？还是幻想的产物呢？在我家乡人们会这么问：狗的嗥叫在白天能听到吗？瓦斯托像是吸蒙了大麻，等待着第一架直升机。它会带走自己不消停的妻子。厄尔内斯蒂娜什么也不说。直升机来了，我们两都坐了上去，直奔城市，住进了不同的医院。

分娩前一天，奇怪的访客突然来袭。收容所的老人们出现在我的梦中，为我带来了缅栀子花。他们围着我，就像是在给死者守灵。阿莫把手放在我的床上，为我讲述最近的事件：

——*昨天城堡里发生了一件吓人的事。突然间遮天蔽日，全是蝙蝠。它们受了惊，扑闪着从瓦斯托·伊瑟兰西奥藏了货物的仓库里飞出来，都是死人的灰色。这些吸血畜牲把世界都笼在阴云里，像日食一样。它们露着牙口，贴着房*

子飞，翅膀的声音听起来就像军用直升机。老人们受不了，都躲了起来。于是，蝙蝠一股脑儿地去攻击燕子，在空中就把它们吃下去。牺牲的燕子数量太多，红色的血滴得四处都是。羽毛在空气里飞舞，轻轻地落在地上，像是给云朵拔了毛。那天下的血雨把整片海都染红了。

我醒来的时候医生在我旁边。他握着我的手对我说：

——*非常抱歉！我们做了所有能做的。*

那天晚上，我失去了自己的孩子。厄尔内斯蒂娜失去了她的第二个孩子。我看看自己的身体，里面已经没有了鼓囊囊的填充物。会不会是神灵满足了我不想做母亲的隐秘愿望呢？床单上，一场幻觉突然向我袭来。我身边堆着白色的缅栀子花，于是在这香气的抚慰中，我睡着了。

当我回到堡垒时，一切都和走的时候一模一样。瓦斯托依然冷漠。厄尔内斯蒂娜依然疯狂。迎接我的老人们依然温柔，就好像我真的升职做母亲了。当他们叫我"妈妈"的时候，我必须得学着憋住眼泪。是这些老人教我如何让撕裂子宫和灵魂的伤口结痂。

现在你知道我睡在外面的真正理由了吗？在我家乡，服丧的女人只能露天睡觉，直到死亡被净化。但在我的内部，死亡的污迹无法被水洗去。

缅栀子树下的露台

　　有一天，我恢复了些，便决定去看看厄尔内斯蒂娜。她没有痊愈就从医院回来了。她也是在那时候哑的。写作成了她唯一的话语。她把自己关在房间里，被阴影环绕。白纸是她唯一的窗口。我交给你的是她最后的信。现在，我怀着与递交信纸时同样的心情，把我的话语递交给你，就像是展开包裹孩子的衣服。那是我和厄尔内斯蒂娜共同的孩子。

第十四章
启示

第十四章　启示

这是最后一夜。玛尔塔来叫警察。她的脸随着门缝慢慢张开而渐渐显现。她请求许可：

——今天该我做证了吗？

然后不等他回答，她便来到警探座椅前，把他拽起来：

——来！

玛尔塔把他带上一条石路，走去她的房间。在开门之前，她倏地转过身，给了他一个轻柔的吻。她的手指划过他的嘴唇，像是在他隆起的肉体上雕刻一句告别。然后，她打开门。老人们全都在屋子里，纳维亚·卡埃塔诺、多明戈斯·莫劳、阿莫、纽纽索。警察进了门，往前走着，步子却像是在后退。

——发生什么了？

莫劳打了个手势，示意他安静。女巫站起身来。她穿着仪式用的衣服。搞了半天是干这个？警探发现自己身处一场占卜仪式之中。阿莫走向他，让什么东西滑落在他手里。

173

缅栀子树下的露台

——这是最后一片。

伊泽迪内看了看，又是一片穿山甲的鳞。女巫命令他坐下，闭着眼在他面前摇晃。过了一会儿，女巫说：

——该出现的是哈拉卡乌玛，从天而降。

然而如今，这小动物已经不会说人类语言了。阿莫遗憾地说：

——是谁让我们远离传统呢？现在，我们失去了和天上信使的联系。

留下的只有哈拉卡乌玛上一次摔下时脱落的鳞片。阿莫在白蚁丘附近捡到了它们。那是穿山甲最后的残留，也是天界仅剩的手段。每一晚都有一片鳞在警探的灵魂中生效。现在警探被授意躺在地上，就在女巫手边。阿莫在他身上撒下穿山甲的鳞片，眼睛上、嘴上、耳朵旁、手里。伊泽迪内一动不动，倾听着逐步到来的启示。篇篇讲述混在一起，老人们说着话，就像一切都是排练好的。阿莫让音节在唾液中碰撞，话语倾泻而出：

——你知道哈拉卡乌玛怎么做吗？这小动物蜷起身来，藏住没有鳞片的肚子。只有晚上才在黑暗的遮护下展开身子。你呢，警探，应该学学这番谨慎。你本该有法子巡查搜索的，却没有这么做。你把真相吓着了。事到如今又能干些

什么呢？现在你就像一头立着尾巴逃跑的野猪。小心点儿，警探，马普托那边在迫害你。他们不是把你转了部门吗？不是威胁过你吗？为什么不从穿山甲那儿长些教训呢？为什么不卷起身来保护自己没有鳞片的部分呢？他们恨你，你不知道。你是在白人的土地上学习的，有能力面对这战后新生活里的种种疯狂。正在到来的世界是你的世界，你知道怎么踩在泥巴里不弄脏脚。他们该是穿着谎言的鞋子、背叛的袜子。事实是这样，你应该离开警察局。你是从烂树上结出的好果子，是和老鼠装在一个袋子里的花生。他们在你碍事之前就会把你吃掉。罪恶是一片草地，你的同事就在上面吃草。你不知道人们是怎么对待草地的：总是要割草，不是为了让草绝灭，而是为了让它长得更努力些。我们心疼你，毕竟你是个蠢人——也就是说，是个好人。他们把你从青蛙塘里弄出来，你又扎进了鳄鱼窝。

这些话似乎不是从她的嘴里，而是从她的整个身体里出来的。阿莫一边说话一边抽搐，口水都流到了脖子上，直到最终癫狂地停住。所有人都震惊又热切地盼望着接下来的话：

——*小心！我看到了血！*

——*血？*

警察惊愕不已。

缅栀子树下的露台

——他们会来这里的。他们会来杀了你。

——杀我？谁要来杀我？

——他们明天就会来。你已经在丢失影子了。

阿莫加快战斗。她的身体就像是被燃得正旺的火焰激发了一样。

——就是明天。我看到杀手了，是飞行员，就是直升机的飞行员。他是要杀你的人。这不是他的意愿，是别人给他的任务：把你从这世上带走。伊泽迪内，伊泽迪内，你是进了蜂巢了。这座堡垒是死亡的仓库。

女巫稍微透过一点儿气，便逐渐揭露起杀死所长的人，掀开他的层层面纱。这场犯罪的真正原因只有一个——武器贸易。伊瑟兰西奥把战争中剩下的武器藏了起来，把它们存在礼拜堂，只有萨鲁夫·图科能进到这仓库里去。堡垒变成了弹药库。老人们一开始不知道。只有萨鲁夫知道这件事。

直到有一天，秘密泄露了。老人们又惊又怕地聚在一起。那些武器是新一场战争的种子。礼拜堂里保存着的是能把所有人的脚烧焦的地狱之火。因此他们决定在夜色四合时打开仓库，让武器消失。他们和萨鲁夫串通好，想要挖一个洞，但阿莫反对。

——土地不是埋武器的地方。

于是他们转而选择把武器扔进大海，便给箱子绑上石头，让它们的重量足够沉进永恒的深渊。他们把一些箱子扔到了岩石附近。但对他们的力量而言，这些武器太重了。除此，要搬运这些箱子会很显眼，即使在暗夜之中也是一样。老人们走到了不可能的境地：不能把箱子扔进海里，也不能在地上挖坑。那么到底要让弹药库在哪里消失呢？这不是想想就能解决的问题。只有阿莫的介入才有用。事实确实如此。有一次，她转向老人们，问道：

——没了底的洞是什么呢？

——是空无。

女巫于是继续道：

——把武器扔到外面还不够。对这些沾了死亡的铁来说，外面没有足够的地方。

——那我们能做什么呢，阿莫？

——跟着我，孩子们！

女巫把他们带到了礼拜堂旁边。她单单用指甲一划拉，大门就都开了。老人们窥看着阿莫的动作，直到今天还难以置信。她把卡普拉纳从肩上褪下，用它盖住礼拜堂的地面，又从一个袋子里取出一只变色龙，让它在布料上爬行。变色龙变换了颜色，转转眼珠，开始膨胀。它越鼓越大，直到胀得像只球，突然间爆裂开来。一声轰响炸开了世界，让云朵里所有的黑暗都汩汩而出。老人们咳嗽着用手掸开灰尘。在他们眼前塑出的是一副奇幻的景象：那原本是地面的地方如今成了一口无底洞，是虚空中的空虚，空无中的空洞。

老人们立刻着手开干，把武器扔进深处。他们把装备都倒进了深渊，然后久久地听着金属碰撞的声音。直到今天，还能听到这些武器在空无之中回响，在世界之外回响。

直到有一天，直升机回来取武器。一群穿着制服的人跳下直升机，直奔仓库。老人们在远处观察。这些陌生人一打开仓库大门，其中几个立马挤到深渊附近，对这片空间上的虚无感到意外，其他人则惊愕地后退。这陷阱是谁挖的？武器又在哪儿呢？

一场激烈的争吵开始了。他们不相信瓦斯托，便把他带到屋子里。没过一会儿，人们就听到枪声。他们杀了伊瑟兰西奥，还把他的尸体带走，扔在了海边的岩石上。

——*是他们杀了瓦斯托·伊瑟兰西奥。要杀你的也是他们，警探。明天他们会来杀了你。*

阿莫停止讲话，疲惫地倒在地上。伊泽迪内·纳伊塔从仪式里脱身，走向卧室，写了一整夜。他像上帝一样书写，不按照格线，却真诚直接。读他的人得花些功夫把文字掰直。在生命里只有死亡是确切的，其他部分则在疑惑的两岸间摇摆。就像可怜的伊泽迪内，右手拿着笔，左手拿着枪。警察衣衫不整，草草地在桌面上打起盹儿来，他的额头枕在纸上，睡着了。

伊泽迪内是被敲门声吓醒的。他一跃而起，拿枪指着来人。原来是阿莫。她带着一只铁皮罐悄然走近，解开他的衬衣，用手指蘸了蘸罐子里泛黄的油脂，开始为他涂油。

——我给你擦的是鲸鱼油。

阿莫一边擦着伊泽迪内的胸口，一边说：

——鲸鱼是巨大的，你也将大过任何尺寸。他们将把你抛入波浪之中，以为你的身体会被岩石撞成碎片，一点儿残躯也不剩。然而，死亡已不能再拥抱你。你将会比火更光滑。波浪将把你带走，你将在一个没有船能开到的地方展开命运。那是海洋倒流入河的地方，是棕榈树长在波浪上、把根扎在珊瑚上的地方。你将变为众水之存在，你将大于任何旅程。我——水女阿莫——要告诉你，你将成为那梦而不问是否真实的人，你将成为那爱而不顾是否正确的人。

缅栀子树下的露台

伊泽迪内·纳伊塔没有看到，但我作为他体内的稀薄骨，在女巫刚一敲门时就感知到了她。老妇离开了，如同戴罪。她低着头行路，然后停下，看向自己为警察祝福的罐子，拿在手里滚了滚，然后耸耸肩，把它扔掉了。

第十五章
最后的梦

第十五章　最后的梦

阿莫沮丧的动作让我做出了决定：我要离开警探的身体，不能放任这年轻人去死，沉入已对我呈露的命运之中。我宁可被判入墓穴，即使不得不被擢升为虚假的英雄。

这天早上，我离开了伊泽迪内·纳伊塔的身体。构成我的物质就这样在地上爬行，它是我自身存在的鬼魂。我一从警察身体里出来就受到了强光的袭击。最开始，一切都化作千万闪光。然后光亮逐渐得到教化。我看着世界，周围的一切都显形了。我的声音已经带上哭腔，我喃喃地说道：

——这是土地，是我的土地！

即使这土地满是灰尘，神色惊恐，它对我而言也是世上唯一的地方。原来我的心并没有被埋葬。它在那里，一直在那里，在缅栀子树上重获绽放。我摸了摸这树，摘下一朵花闻闻它的芳香，然后在露台上漫步，海洋与我的目光缠绵缱绻。我想起穿山甲的话：

缅栀子树下的露台

——陆裸于此，时眠于斯。①

直升机螺旋桨的声音开始响起。我大为震惊，知道他们要来了！于是我整个人都机敏了起来。我听到哈拉卡乌玛说：

——去找年轻人。

我奔跑的时候，穿山甲在我脑袋里继续说话。它把自己的计划告诉了我，说是要把这个世界和其他世界的力量都聚集起来，让狂风暴雨全部倾泻。冰雹和雷电将会落在这堡垒之上。

在可怕的风暴发生时，我只需按它的指令行事。

——你来开船，我来掌控飓风。

船？什么船？还是说这只是一幅图像，里面什么谜语都没有？但穿山甲已经不再说话。我跑去伊泽迪内的房间叫他。

——快点儿，到这儿来！他们已经来了！

这男人一开始茫然无措，不相信我说的。

————————

① 陆裸于此，时眠于斯：此句逐词直译可写为"这里是大地脱下衣服的地方，是时间躺下的地方"。译为"陆裸于此，时眠于斯"是由于此句是对卡蒙斯所著葡萄牙史诗《卢济塔尼亚人之歌》中名句的戏仿。卡蒙斯原句为"陆止于此，海始于斯"，是对葡萄牙所处地理位置的描写。

第十五章　最后的梦

——你是谁？

没法解释，也没时间解释了。我叫喊着命令他跟我跑。警察犹豫了一下。他看看天空，发现威胁确实迫在眉睫，于是急忙决定跟着我。我们朝海滩的方向跑去。直升机像老鹰一样在空中胁迫我们。我把伊泽迪内带到可以藏身的岩石上，在海滩的峭壁间躺下。我惊讶地自视一番，想道：我的整个生命都是虚伪的。我曾以懦弱为自己加冕，在可以为国而战的时候拒绝为国而战。别人建设国家的时候我在钉木板，别人繁衍肉体的时候我被一个影子爱上。活着的时候我躲避生命，死了以后又躲在生者的身体里。我真正的人生是由谎言构成的。死亡带着诸多真实而来，我甚至没法相信。现在是我能摆弄时间的最后时刻了，也是能让新世界诞生的最后时刻，在这个世界里人只要活着就会被尊重。说是一切存在都和生命一样古老的，不正是穿山甲吗？

这些想法在我脑袋里一一闪过，突然，风暴迅猛而来。这是从未出现过的事情：天空着了火，云朵燃烧，世界像在炉膛里被烤热。忽然，直升机烧着了，螺旋桨脱离了机体，没了翅膀的直升机像是烧着后上下翻飞的碎纸片一样往下坠。就这样，直升机席卷着火焰撞毁在礼拜堂的屋顶上，沉入了保存武器的地方。就在这时，一声爆炸撼动了整座堡垒。浓浓的乌云抹黑了天空。烟雾一点点儿散去。当乌云都散开时，从储存武器的无底洞里飞出了成千上万只燕子，为苍穹填入了忽闪忽闪的光。鸟儿在我们的头上闪烁着，然后散开了，在大海蓝色的山冈上飞翔。一瞬间，天空长出了翅膀，远离世界飞去。

然后，我看到老人们互相搀扶着向海滩走来，玛尔塔走在后面。伊泽迪内·纳伊塔劝我去帮帮他们，但我不能。稀薄骨若是有了真身便不能触碰活人；如果碰了，就会对所碰之人施行死亡。

老人们、玛尔塔、伊泽迪内还有我，所有人都聚集在依然残留于岩石间的平台上，这是我生前修建过的码头。这片遮盖物扛住了风暴，并在火雨之中保护着我们。它原本是为屠杀囚犯而建造的，现在却帮助了我的活人伙伴。

天空逐渐变得明净，直到透明得能在蓝色之外看到另外几重天。当一切最终归于平静时，寂静统治，似乎整片大地都失去了声音。

——你们看到直升机了吗？

伊泽迪内激动地问道。

——什么直升机？

女巫哈哈大笑。被警察看作飞行机器的东西是风暴之蛇瓦目岚卜。所有人都笑了起来。阿莫命令大家返回堡垒。她走在前面，在被烧毁的房屋间开路。令我惊讶的是，随着我们的前进，废墟变成了无瑕的墙壁，建筑完好无损地重新站了起来。我看到的火灾和经历的爆炸难道只是想象中的事件吗？然而，在残存的一切之中，有一位证人可以证明这场混乱，可以证实死亡曾拜访过这片土地。那就是缅栀子树。它只剩下一具粗糙的骨架，用烧成了碳的手指拥抱着虚无。树干、树叶、花朵，一切都已化作灰烬。老人们陆续走到露台上，小心翼翼地不去踩踏燃烧过的残骸。西地明戈难以置信地说：

——它死了吗？

这死亡景象让我想起了自己的终结。我重回阴影的时候到了。我悲伤地对老人们摆摆手，与光芒、声音和薄雾告别。我住入沙中，准备熄灭自己。但在这个过程中，我犹豫了，返回的路不该是这条。这片土地已不再接纳我，我已然成为死亡国度中的外国人。现在要穿越最终的边界，我这样太过明目张胆。已转入终结的我该如何通过呢？

我想起了穿山甲的教导：缅栀子树乃奇迹之处。于是我从自己的身体里下降，一碰到灰烬它就变成了花瓣。我反复抚摸残余的树干，于是树液开始流动，如同大地的精液。缅

缅栀子树下的露台

栀子树随着我的一个个动作复活了。当树木重获新生时，我则用它已不再接触的灰烬覆盖我自己，等待着最后的转化。这时一缕声音叫住了我。

——等等，我和你一起走，我的兄弟。

是老孩子纳维亚·卡埃塔诺。时间已经没收了他的身体。他靠在树干上，逐渐失去属于生命的颜色。他重复道：

——求你了，我的兄弟！

他叫我作兄弟。这位老人准许我做个人类，并不怪罪我活着的时候除了是人，别的什么也不是。他向我伸出手，请求说：

——碰碰我，求你了。我也想去……

我拉住他的手，这时才发现他把玩耍用的车轮斜挎在身上。金属在那边是禁止的。但穿山甲的声音传来，纠正着我：

——让玩具进去吧。这和上次不一样……

于是，纳维亚被童年点亮。他握紧我的手，我们一起走入自身的阴影中。在我的身体最终消散之际，我发现其他老人也在和我们一起走下缅栀子树的深处。我还听到厄尔内斯蒂娜温柔的声音摇晃着一个遥远的孩童。彼侧，玛尔塔·吉莫和伊泽迪内·纳伊塔浮在光芒之上。他们的形象逐渐模糊，只留下水晶的两个尖儿，黎明时短暂的辉光。

我慢慢失去人类的语言，被大地的口音裹挟。我在明亮的露台上留下了自己最后的梦——缅栀子树。我将逐渐获得岩石之声。我躺下，比土地更古老。从今以后，我要睡得比死亡更安详。

译后记

　　《缅栀子树下的露台》原书出版于1996年。当时，持续17年之久的莫桑比克内战仅结束4年而已，莫桑比克依然处于百废待兴的状态，强烈依赖外部援助。战后采取的自由经济政策虽然使精英阶层获利，却使占人口比例更大的中下层人民越发贫困，进一步拉开了贫富差距。不同阶层之间的割裂还体现在意识形态上，在城市生活的精英阶层和年轻一代大多受西方现代化教育，而生活在农村地区的莫桑比克人和大多数老年人则保留着他们自己的传统和信仰。思想上的分化让人与人之间产生了极大的隔阂，互相难以理解，而城市精英阶层手握更大的话语权，这就使得传统的老一代莫桑比克人逐步被边缘化，他们的声音变得弱小，他们的语言变得晦涩。而《缅栀子树下的露台》便是关于理解的一本书：一个受过西方教育的莫桑比克年轻人在机缘巧合和善意帮助之下钻入传统、巫术和象征的迷宫，在寻找表相的过程中逐渐

缅栀子树下的露台

理解了事物复杂的内里。

　　从开头的情节上看，《缅栀子树下的露台》似乎有着侦探小说的外壳：圣尼古拉收容所里发生了一场凶杀案，所长伊瑟兰西奥被杀，尸体却无处可寻。警探伊泽迪内奉命前去圣尼古拉堡垒，要在一周之内查出真相，他白天进行实地搜查，晚上则听取收容所中老人的证言。随着搜查和讲述的进行，我们似乎离侦破凶杀案越来越远，"节外生枝"的发现则越来越多。伊瑟兰西奥的死亡不过是一个切入点，让我们得以一窥收容所住民的人生经历，他们中的每一个都象征着莫桑比克被逐渐遗忘的一部分。

　　《缅栀子树下的露台》确实是一本强象征性的小说，我们完全可以把堡垒中的露台看作莫桑比克的缩影，而活动于其上的每个人物都代表着一个群体：受过西方教育的警探伊泽迪内，受过"同化者"教育的女护士玛尔塔，背负诅咒的老孩子纳维亚·卡埃塔诺，莫桑比克独立后留在这片土地的葡萄牙人西地明戈，土生土长的莫桑比克黑人纽纽索，人称女巫并自称每晚都会化水的老妇阿莫，混血儿伊瑟兰西奥和他的混血妻子厄尔内斯蒂娜。他们有着不同的种族、出身，受过不同的教育，身怀不同的爱恨，却被不同的情结系在这同一片土地上，他们还经受过同一场战争。

译后记

　　战争撕裂了国家，也撕裂了人民。玛尔塔说："战争在时间中造出了另一个循环。标记我们生命的已不再是年份或季节。我们已不再是收获、饥饿和洪水。战争引入的是血的循环。我们转而说'在战前''在战后'。"属于战前一代的老人们都是经受苦难者，也是被遗忘者，他们的声音中掺杂了太多传统信仰，因而难以被战后一代的年轻人理解，难以被逐渐现代化、城市化的新世界听到。接受西方教育的莫桑比克人伊泽迪内难以理解这些故事，是玛尔塔让他逐渐学会了以正确的方式倾听。而整个调查取证过程中都只是附在伊泽迪内身上的鬼魂艾尔莫林杜，也在生死攸关的时刻挺身而出，不仅让伊泽迪内免于一死，还通过触碰让缅栀子树奇迹般地重获新生。随后，收容所的老人们与这棵树融合，莫桑比克的历史传统仿佛就这样进入了缅栀子树，深藏于它的树干中。老人们的消失换来了一个充满生机的新世界，浸泡在光辉中的伊泽迪内和玛尔塔有如这新世界的亚当和夏娃。莫桑比克的历史和被历史的尘埃掩埋的人们从未真正消失，他们只是进入了自然，进入了长满莫桑比克大地的缅栀子树。从今往后，缅栀子花每次绽放时散发的芳香都会令人追忆起过往。

　　小说中包含大篇幅的对话和口述，每天晚上都有一位

缅栀子树下的露台

老人对伊泽迪内告白，讲述自己的故事。在充满象征的晦暗夜晚，这些曲折离奇的故事以真正属于莫桑比克的语言被讲出。为了凸显口述文学的特色，米亚·科托一如既往地使用了很多外来词和自造词。其中外来词大多来源于莫桑比克土语，堡垒中的老人和工作人员会把土语词掺杂在葡萄牙语里使用，这大约是老一代人的语言习惯。直接来源于莫桑比克传统的词语也都使用了土语词，比如草药的名字和巫术信仰中怪物的名字等等。

如果说外来词最为直观地从语言的表层体现出了莫桑比克的地域文化，那么自造词则深入了思维层面，作者通过奇特的构词法向我们展现出，他作为一个生长在莫桑比克的白人是如何思考的，又是如何把受到当地传统巫术思想影响的思维方式和葡萄牙语词结合起来，生发出新的词语、新的表达、新的思想。

在葡萄牙语原文中，巧妙的自造词十分吸引眼球，但在翻译的过程中往往难以做到对等还原。为了让读者进一步感受米亚·科托自造词的魅力，此处举一个较为简单的例子和大家分享。在第三章开头，纳维亚辩称自己没有翻伊泽迪内的东西，小偷另有其人。此处有一句被译为"有个身影像秃鹫一样搜刮您的东西"，在葡萄牙语原文中，"像秃鹫一样搜刮"其实是一个自造词"abutreando"，它的词根是"abutre"，即"秃鹫"，作者为它加上了一个动词词尾，把常见于非洲草原的食腐鸟类秃鹫变成了一个动词。虽然这个词语中没有其他元素做进一步说明，但仅凭我们对秃鹫这种鸟类的认识就足以理解小偷是如何在伊泽迪内的包裹里翻找东西了。在这个例子中，米亚·科托是从莫桑比克当地风物中取材，并对它加以演绎。

在高于词语的层面上去看，这本小说的文字甚至更加诡谲瑰丽，词语和词语之间构成近乎不可能的搭配，完全颠覆理性的话语中蕴含着神秘难解的寓意。以第十四章结尾处女巫的预言为例："你将会比火更光滑。波浪将把你带走，你将在一个没有船能开到的地方展开命运。那是海洋倒流入河的地方，是棕榈树长在波浪上、把根扎在珊瑚上的地方。你将变为众水之存在，你将大于任何旅程。"这是诗的语言，是酒神世界里的狂言。我们只有暂时放下源于西方世界的理性思维模式，把自己浸入催人沉醉的缅栀子花香中，才可能解读这样的文字，才可能自由穿梭于这座脱离现实时空存在的堡垒之中，与警探伊泽迪内一同探索，并最终理解那些逐渐被外部世界遗忘的故事。